진흙탕 출퇴근

진흙탕 출퇴근

서랍의날씨

출퇴근은 고난의 연속이었다.
함께 출퇴근할 수 있는 사람들을
만나기 전까지는.

금요일 점심시간. 직장 주변 분위기는 평소와 확실히 달랐다. 저녁과 주말을 앞둔 직장인들의 얼굴에서 이제야 생기가 돌았으며 또 한 번 힘겨운 한 주를 견뎌 냈다는 안도감도 엿볼 수 있었다.

그건 카페테라스에 자리를 잡은 직장인 아영도 다를 바 없었다. 시간이 흐르면 매번 돌아오는 금요일인데도 설레는 느낌은 매번 새로웠다. 막상 주말이 되어도 특별히 하는 게 있는 건 아니었다. 금요일 밤과 주말을 어떻게 하면 의미 있게 보낼지 고민하는 이 시간이 즐거웠다.

뜨거운 커피를 마시는 아영에겐 오늘 저녁 모임이 기다려졌다. 최근 들어 매번 보는 사람들이지만, 그 사람들과 동네에서 만나기로 했으니, 막차에 쫓길 필요가 없었다. 모임이 기다려지는 건 장소뿐만이 아니라 만나기로 한 사람들 때문이기도 했다.

쿵, 뭔가가 떨어지는 소리에 아영은 손에 들고 있는 커피 잔을 바닥에 떨어뜨렸다. 이곳에 오기 전, 아영은 자신이 챙겨야 할 사람에게 전화했었다. 지금은 그 사람의 연락을 기다리고 있었다.

아영은 가슴이 철렁 내려앉았다. 결코 상상하고 싶지 않은 끔찍한 상황의 모습이 아영의 머릿속을 스쳐 지나갔다. 그런 생각이 들자 아영의 몸이 부들부들 떨렸다. 떨어지지 말아야 할 뭔가가 떨어진 걸까. 만약에 사람이 추락했다면, 그리고 그 사람이 자신과 연관된 사람이라면, 아영은 그 상황을 마주할 자신이 없었다. 불길한 느낌은 항상 들어맞기 마련이었다. 아영은 급히 자리에서 일어나 뭔가가 떨어진 곳으로 뛰어갔다.

수백 개의 직장이 밀집되어 있고, 수많은 직장인이 왔다 갔다가 하는 거리는 조용해져 있었다.

계기

제발 오지 않았으면, 그러나 결국 찾아온 월요일 새벽 6시 30분. 평소보다 10분 일찍 집을 나온 아영은 비몽사몽인 상태로 역을 향해 걸었다. 이제는 새벽에 일어나는 것이 적응될 법도 한데 아침 일찍 일어나는 건 업무처리를 하는 것보다도 힘들었다.

　걷고 있을 뿐인데 몸은 천근만근 무거웠다. 그래도 침대에서 뭉그적거리지 않고 일어난 건 다행스러운 일이었다. 몇 분의 늦장은 하루를 완전히 망칠 수도 있고 직장에서 꼬투리 잡히기 좋은 빌미를 제공하는 것이기도 했다.

　아영은 개찰구를 지나쳐 여유 있는 걸음으로 계단을 내려가 스크린 도어 앞에 섰다. 반복되는 일상으로 인해 열차 시간을 대략 가늠할 수 있었다. 굳이 전광판을 확인하지 않아도 된다. 약 2분 후면 열차가 도착할 것이다.

　잠시 눈을 감고 있던 아영은 역 안의 공기가 답답해 뒤를 돌아봤다. 뒤에는 사람들이 줄지어 서 있었고 평소 출근길보다 훨씬 많았다. 어떠한 돌발변수 없이 출근할 것이라는 안도감이 이제는 약간의 불안감으로 바뀐 이상, 아영은 서둘러 전광판을 확인했다. 다행히 열차가 이전 역에서 출발해 곧 도착할 것이라는 안내음이 흘러나왔다. 아영은 머릿속으로 지옥철에서 살아남기 위한 자신만의 계획을 세웠다. 열차는 열다섯 정거장 후에 도착한다. 환승역이기 때문에 두 정거장 전 의자에서 일어나 미리 문 앞에 선다. 가장 빨리 갈 수 있는 환승 출입문에서 내린 뒤, 계단을 뛰어 올라가면 적어도 열차를 놓치는 일은 발생하지 않는다.

　혹시나 열차가 늦어 지각할 것이라는 불안감이 이제는 사라졌다. 열차에 탑승한 아영은 항상 그렇듯 착석하자마자 눈을 감고 잠시 잠을 청했다. 눈이 피로하고 몸이 축축 처지는 월요병을 극복하기 위해서 이동하는 시간에 잠은 필수다.

　아영은 지하철 안의 온도가 높아지고, 공기가 갑갑해지는 것을 느꼈다. 눈을 떠 보니 열차 안은 사람들로 바글바글해 발 디딜 틈조차 없었다. 회사 생활도 몇 년 했고, 이 풍경은

　　　　　　　　　　　　　　　　　　　　　　계기

주 5일 내내 매번 보고 있지만 여전히 적응하기 어려웠다. 다른 사람들이 싫어서가 아니었다. 왜 항상 이런 방식으로 출근해야 하는 건지, 자신은 왜 이 방식을 계속 고집해야 하는 건지 매번 갈등했다.

환승역을 앞두고 좋은 자리를 확보하기 위해 아영은 자리에서 일어났다. 사람들 틈을 비집고 이동하다가 하필이면 손에 들고 있는 핸드폰을 바닥에 떨어뜨렸다. 험난한 하루의 징조인 걸까.

이 안에서는 조금만 움직여도 옆 사람과 닿았다. 아영이 몸을 숙이자 주변에서 짜증을 내는 소리가 들렸다. 아영은 바닥에 떨어진 핸드폰을 간신히 잡고 겨우 문 앞에 섰다. 이런 난리를 피웠는데도 열차는 앞차와의 간격을 유지하기 위해 오히려 속도를 줄였다. 사람들의 한숨 소리와 불만이 터져 나왔다. 그뿐만 아니라 아영을 거슬리게 하는 건, 옆 사람의 지독한 담배 냄새였다. 어떻게든 이 불편한 상황을 아영은 견디려고 노력했다. 불과 몇 초가 몇 시간처럼 길게 느껴졌을 뿐.

느릿느릿하게 움직이던 열차가 환승역에 도착했다. 곧 문이 열리면 출근길 전쟁이 시작될 것이다. 누가 먼저 나가서 환승 열차에 몸을 실은 것인가. 아영은 주변을 잠시 둘러

봤다. 사람들의 표정을 살펴보니 모두가 자신처럼 출근 시간이 빠듯한 것 같았다. 사람들이 응시하고 있던 열차의 문이 열렸다. 월요일 출근 전쟁의 서막이 울렸다.

"아씨! 좀 앞으로 나가라고!"

"아니, 왜 반말을 해요?"

"지금 오는 차 못 타면 나는 지각이라고요. 그니까 좀 나가라고요!"

"뭐래? 지가 미리미리 준비해서 나와야지."

"첫 차 탄 거라고!"

같은 또래로 보이는 직장인들이 양보하지 않고 몸싸움을 벌이는 건 출근길에서 종종 있는 일이었다. 그들의 몸싸움으로 반사이익을 얻은 건 아영이었다. 약간의 공간이 생기자 아영은 먼저 문밖으로 나오는 데 성공했다.

아영은 이 순간만큼은 경보선수가 된 것처럼 빠르게 걸었다. 지금과 같은 걸음 속도면 충분히 환승 열차에 몸을 실을 수 있다. 시간적인 여유가 있는데도 아영의 마음은 초조해졌다. 옆에 있는 사람들은 뛰고 있었기 때문이다. 사람은 분위기에 휩쓸리는 경향이 있다. 아영도 그들처럼 어느새 뛰기 시작했고, 좀 더 빨리 뛰지 않은 것을 후회했다. 환승 열차가 도착할 것이라는 안내음이 흘러나오고 있었다.

열차는 예상보다 일찍 도착할 예정이다. 만약 이번 열차를 타지 못하면 지각은 확정이다. 다른 날도 아니고, 월요일 아침에 지각한다는 건 용서가 안 되는 일이었다. 더군다나 월요일 오전에는 직장 상사의 눈에 거슬리지 않게 출근 시간보다 먼저 와 있어야 하는 암묵적인 규칙이 있었다. 유독 상사들은 월요일 오전에 기분이 좋지 않기 때문이다.

경보선수에서 육상선수의 마음가짐으로 바뀐 아영은 달리기만큼은 자신이 있었다. 학창 시절 운동회 계주의 마지막은 아영의 몫이기도 했다. 직장인이 된 후에 달리기해본 적은 없었지만, 몸이 기억하고 있었다. 그때의 그 시절로 돌아간 것처럼 아영은 이를 악물고 뛰면서 앞에 뛰어가던 사람들을 추월했다. 역시나 아직 자신의 달리기 실력은 녹슬지 않았다는 것을 실감했다. 아침잠이 확 달아나는 데 있어 아침 달리기는 나쁘지 않은 것 같았다. 구두 굽이 부러지기 전까지는.

어떤 위기 상황을 맞이해도 한숨을 쉬지 말자는 주의였다. 이 난감한 상황에선 자동으로 한숨이 나왔다. 어떻게 해야 하나 고민하는 사이, 추월했던 사람들이 전부 아영을 앞질러 갔다. 이런 가운데, 아영은 아직 판단을 내리지 못하고 있었다. 상사에게 구두 굽이 떨어져 지각했다고 말하면 아무리 봐도 이해해 줄 것 같지 않았다. 그런 생각이 점점 확고해 지자 아영은 남은 한쪽 구두를 벗고 맨발로 뛰었다. 주변에 지금 누구를 의식할 여유가 없었다.

매번 변수가 발생하는 출근길에서 절박한 심정으로 행동 하지 않으면 살아남을 수 없다는 것을 이제는 알고 있었다. 이미 열차는 역에 도착했다. 출근 시간을 제대로 맞추지 못 하면 완전히 망하는 하루가 된다는 것을 경험해 본 아영은 계단을 뛰어 내려갔다.

이어달리기의 마지막 선수가 된 것처럼 악착같이 달렸다. 결과는 다행스럽게도 성공이었다. 문이 닫히려는 그 순간, 아영은 열차 안에 탑승할 수 있었다. 아영은 문밖에 탑승하 지 못한 사람들을 보면서 출근길의 희비가 엇갈리는 순간을 만끽했다.

월요일 출근을 위해 부지런히 일어나 노력한 자에게 보상 이라도 따르는 것일까. 목적지를 향해 달리는 열차의 속도 는 거침이 없었다. 벌써 목적지까지 한 정거장만을 앞두고 있었다. 월요일은 출근만 제시간에 해도 성공한 하루였다. 반대로 제시간에 하지 못하면, 그날은 끔찍한 하루가 된다. 출근 시간까지 비교적 여유가 있을 것 같아 아영은 생명수 와도 같은 커피를 사 가기로 마음먹었다.

계기

도착지를 앞둔 상황에서 열차가 멈췄다. 앞차와의 간격을 유지하기 위해 간혹 열차가 멈추는 경우가 있었다. 이번에도 아영은 그런 비슷한 상황일 것이라고 예상했다. 1분 동안 열차 안에서 어떠한 안내음도 나오지 않았다. 평소엔 1분이라는 시간은 관대하게 넘길 수 있지만, 빠듯한 출근길에는 1분의 시간도 허투루 넘길 수 없었다. 그토록 기다리던 지하철 안내음이 흘러나왔다.

스크린 도어 고장으로 인해 약 15분간 정차할 예정입니다.

아영은 주변을 쓱 둘러보며 난감한 표정을 지었다. 자신이 잘못 들었다고 생각했지만, 안내음에서 다시 똑같은 내용의 방송이 흘러나왔다. 출근하기 위해 쏟아 부은 모든 노력이 물거품이 되어 버렸다. 아직 출근도 안 했는데 몸은 벌써 녹초가 됐고 혼곤할 지경이었다. 그전부터 생각해 왔던 출근 방법에 대해 심각하게 고민해야 할 시간이 온 것 같았다.

○ ○ ○

오전 9시 15분경, 아영은 허겁지겁 계단을 뛰어올라 사무실에 도착했다. 사무실 안의 공기는 예상보다도 더 침울해 심장이 쿵쾅쿵쾅 뛰었다. 아영은 지각한 자신을 못마땅하게 쳐다보는 선배들의 눈빛을 피하며 여팀장 앞에 섰다.

아무리 회사의 분위기가 자유로워졌다고 방송에서 떠들어도 현실과는 다소 차이가 있었다. 특히나 출근 시간을 엄수하는 건 수십 년 전에도 그랬고, 지금도 그랬고 반드시 지켜야 하는 것이었다. 팀장 앞에 선 아영은 고개를 푹 숙였다.

"아영 씨! 좋은 아침이야!"

팀장의 반응이 예상과는 달라서 아영은 고개를 들었다.

"죄송합니다."

아영은 지각한 이유에 관해서 설명하고 싶은 부분이 있었지만, 잘못한 일을 했을 때는 바짝 엎드리는 것이 상책인 것을 배웠다.

"아침에 일찍 오고, 안 오고 그게 뭐가 중요해? 일찍 와서 담배 피고, 커피 마시고, 화장실 가면서 시간 낭비하는 사람들 수두룩하잖아? 차라리 그럴 바에는 천천히 오는 게 낫지 않겠어?"

팀장은 지각에 대해서 걱정하지 말라는 듯 웃었다.

"그래도 출근 시간은 지켜야 하는 건데 죄송합니다."

"무슨 사정이 있었을 거 아니야? 우리 성실한 아영 씨가 그냥 지각할 리가 없잖아. 뭘 그렇게 위축되어 있어? 월요일 아침을 상쾌하게 시작해야지?"

팀장은 푸근한 미소를 지으며 손에 들고 있는 견과류를 아영에게 건넸다. 아영은 지난번처럼 팀장에게 면박당할 줄 알았는데 팀장의 이런 태도는 예상 밖의 모습이었다. 아마도 팀장은 주말 동안 좋은 일이 있었던 것 같았다.

"참, 아영 씨! 이번 주 금요일에 임원들 미팅 있는 거 알지?"

팀장의 쑥 들어오는 질문에 아영은 기억을 더듬어 봤지만, 임원들 미팅에 대해서 팀장이 공유한 적은 없었다.

"퇴근 전에 자료정리 부탁해."

팀장이 미웠지만 아영은 지시한 것에 대해 거절할 명분이 없었다.

오늘 제시간에 퇴근하는 건 물 건너갔다. 집에서 새벽 6시 반에 나와 다음날 12시가 넘어서야 들어갈 것이다. 월요일의 누적된 피로는 남은 평일에도 분명히 영향을 끼칠 것이다.

월요일 출근이 이토록 중요한지 회사에 다니기 전에는 몰랐다.

○ ○ ○

저녁 9시 반이 넘어서야 아영은 그토록 고대하던 퇴근을 할 수 있었지만 이미 시간은 늦어도 너무 늦었다. 더군다나 퇴근 시 전철의 시간 간격은 띄엄띄엄 있어 정해진 시간에 타지 못하면 기다림의 시간은 더욱 길어질 수밖에 없었다. 내일을 위해 몸을 충전해야 할 시간이 간절한 아영은 분주하게 뛰어 열차에 몸을 실었다.

월요일 지각의 여파를 다시 한 번 체감하며 자취에 대한 고민의 시간이 반복됐다. 출퇴근에 쏟는 시간이 많아 과거에도 자취할지 고민했었지만, 과거에도 그랬고 지금도 그랬고 생각이 쉽게 바뀌지 않았다. 자취하게 되면 몸은 조금 편해질지 몰라도 들어가는 비용이 항상 문제였다. 직장을 다니는 이유는 일의 즐거움보다도, 돈을 모으기 위해서였다. 일하는 게 즐겁다고 말하는 사람들이 있다면 그건 거짓말이지 않을까.

역시나 고민의 결론은 오늘도 같았고, 아영은 자취에 관한 생각을 접었다. 그런데도 미련이 남았는지 핸드폰으로 집에서 직장까지 갈 수 있는 대중교통을 찾아봤다. 지하철을 제외하고 집 근처에서 회사로 갈 수 있는 버스가 있긴 했다. 문제는 버스를 타고 다시 지하철을 타야만 회사에 도착할 수 있었다.

아무리 봐도 현재 이용하는 지하철을 제외하고, 그보다 빠르고 편하게 회사에 가는 방법은 없었다. 집에서 회사로 바로 이동할 수 있는, 즉 순간이동 같은 비현실적인 방법만 머릿속에서 맴돌았다. 정신없는 하루를 보내서인지 눈이 저절로 감길 때 핸드폰 진동음이 울렸다. 같은 회사에 다니는 동기였다. 이미 집에 도착해 침대에 누워 있다면서.

-아영! 퇴근했어? 힘들지?

-지금 막. 집 도착하려면 1시간 반 넘게 걸릴 듯

-지하철 타고 다녀?

-응! 지옥철! 아침마다 진짜 토 나와.

-난 차 타고 다니지롱!

-엥? 언제 차 샀어?

-그건 아니고 동네 사람들하고 같이 차타고 다녀! 사람들 너무 좋아!

아영은 궁금한 게 많아 빠른 손놀림으로 질문을 퍼부었다. 그렇게 동기로부터 동네 사람들과 차를 타고 출퇴근하게 된 배경에 대해 알 수 있었다.

서울 중심지에 인구가 밀집해 있듯, 직장도 특정 지역에 몰려 있는 경우가 많았다. 아영은 연락이 끊겼던 지인을 직장 근처에서 만난 적이 있었고, 동네에서 지나가던 사람들을 본 경험도 있었다. 직장 위치가 비슷한 동네 사람들을 찾는 건 그리 어려운 일이 아닐지도 모른다.

동기가 보낸 링크를 클릭하니 직장인 커뮤니티로 연결됐다. 동기가 알려준대로 출퇴근 메뉴가 있었다. 동기는 동네 사람들과 출퇴근하는 것에 대해 극찬했지만, 아영은 살짝 망설여지는 부분이 있었다.

차를 타고 출퇴근하면 분명히 출퇴근 시간이 단축되겠지만, 모르는 사람들과 같이 차 안에 있으면 어색할 게 확실했다. 여러 사람이 함께 차에 있으면 좀 괜찮으려나.

게시글을 살피던 아영은 자신의 동네에서 함께 출퇴근 인원을 찾고 싶다는 글을 발견했으나 그 글에 친목을 강조하는 표현이 마음에 들지 않았다. 아영은 그 후로 몇 분 동안 게시글을 살폈지만, 같은 동네는 발견할 수 없었다. 그 대신 출퇴근 겸 운전 연습이라는 제목의 게시글이 눈에 들어와 손을 갖다 댔다.

게시글을 살피던 아영은 글이 간단명료해서 마음에 들

었다. 아영은 학창 시절의 인연을 제외하면, 새로운 사람들과의 만남을 그리 선호하는 편이 아니었다. 그것은 기회가 될 수도 있겠지만, 당연한 일상의 삶이 무너지는 순간이 될지도 모르기 때문이다.

글을 보니 작성한 사람의 성격과 목적을 어느 정도 가늠할 수 있었다. 이 사람이 올린 글은 출퇴근을 가장한 친목 모임과는 다르게 느껴졌다. 빠른 출퇴근과 초보자들의 운전 연습이 주된 이유로 보였다. 출발지는 운이 좋게도 집에서 5분 거리 위치였다. 오늘 출근 시 겪었던 보상을 받은 것일까.

차로 타고 출퇴근하는 장점에 대해 생각해 보니 한둘이 아니었다. 특히 비와 눈이 오거나 혹은 날씨가 무덥고 습도가 높았을 때의 출퇴근을 생각하면 마음이 답답해져 숨쉬기가 힘들었다. 게다가 아영은 운전 연습을 매번 하고 싶다는 생각만 했을 뿐 실제로 행동으로 옮기지는 못했다. 주말에 게을러서 운전 연습을 못했다면, 출퇴근길의 운전 연습은 사실 선택이 아닌 강제나 다름없었다.

운전 초보자들끼리 왕복 3시간가량 운전할 텐데 사고가 나지 않을까. 아영은 관자놀이를 두드리며 끝까지 고민했다. 누군가 고민을 할 때, 누군가는 지원했고, 댓글도 달렸다.

5명 중 4명 마감. 1자리 남았습니다.

이러한 장점이 있는데도 아영은 여전히 망설이고 있었다. 직장 위치가 비슷한 같은 동네 사람들이지만, 새로운 사람 중에 이상한 성격을 가진 사람이 있다면 편안해야 할 출퇴근이 몹시 불편해질지도 모른다. 그리고 차량을 3개월 동안 빌리기 때문에 한 번 결정하면 좋든 싫든 3개월은 함께 해야 하는 것도 걸리는 부분이다.

아영은 작성자를 향한 메시지를 썼다가 지웠다가를 반복했다. 그 사이, 지하철 안에서 이상한 소리가 들려 아영의 시선을 그쪽으로 끌었다. 한쪽에서는 구토하는 사람이 보였고, 또 한쪽에서는 음악을 크게 틀고 듣는 사람이 있었다. 아영은 이런 지하철의 모습이 낯설지 않아 무시하려고 했지만, 어떤 아저씨와 고등학생이 한판 뜨기 일보 직전인 광경이 보였다. 그리고 둘은 동시에 약속이라도 한 듯, 주먹을 날렸지만 서로의 얼굴에는 닿지 않았다. 아영은 고성과 욕설만 오가는 수준 낮은 싸움을 보면서 저절로 표정이 구겨졌다.

급기야 아저씨는 슬리퍼를 학생 쪽으로 던졌고, 그 슬리퍼는 하필이면 아영의 이마에 정통으로 맞았다. 아영이 인상을 쓰며 두 사람을 쳐다보았지만, 아저씨와 학생은 서로 부둥켜안으며 마치 사랑을 나누는 것처럼 싸웠다. 더는 결정을 미룰 필요가 없었다. 아영은 바닥에 쓰러진 슬리퍼를 발로 찬 후 함께하고 싶다고 댓글을 달았다.

5명의 출·퇴근자

집에서 나온 아영의 월요일 발걸음이 평소보다 훨씬 가벼웠다. 오늘은 처음으로 동네 사람들과 함께 출퇴근하는 날이다. 처음 만나는 자리이기도 했다. 아영이 집에서 나와 몇 분 정도 걸으니 빌라 앞에 세워진 하얀색 승용차를 발견했다. 번호판을 확인해 보니 이 차가 맞았다. 아영은 차량 외부를 살펴도 보고 타이어 바람이 빵빵하게 들어가 있는지도 확인했다.

"이름이 어떻게 되시죠?"

"안녕하세요. 손아영이라고 해요."

아영은 처음 보는 사람에게 상냥하게 말했지만, 남자의 겉모습이 칼날처럼 차갑게 느껴졌다.

"전, 최승규."

승규는 말하고 나서 아영과는 더 이상 대화하고 싶지 않은 듯 거리를 두었다.

"제가 오늘 운전하는 거죠?"

"단톡방에 올리지 않았나요?"

승규는 대답하고 나서 왜 쓸데없는 질문을 하냐는 표정을 지었다.

"확인차 질문드린 거예요."

"굳이 안 해도 되는 질문인 것 같은데요? 직장에서 어떤 스타일로 일 처리를 하는지 알 것 같네요."

"그게 무슨 말이죠?"

아영이 설명을 요구하는 눈빛을 보냈다. 승규는 대답하지 않은 채 차 키로 트렁크를 열고 그쪽으로 이동하며 대화를 단절시켜 버렸다. 아영은 첫인상으로 사람을 평가하고 싶지 않았지만. 승규에 대한 첫인상은 최근에 본 사람 중에 가장 안 좋은 축에 속했다.

자신이 지나치게 예민한 걸까. 그건 아닌 것 같았다. 아무리 곱씹어 봐도 저 사람한테 실수한 건 없었다. 처음 보는 사람한테 첫 대화를 저런 식으로 하다니. 사람을 기분 나쁘게 만드는 재주를 타고난 것 같았다. 이제와 동행을 못 하겠다고 할 수도 없었다. 아영은 최대한 승규와는 말하지 않겠다고 다짐했다. 두 사람 사이에서 어색한 기운이 감돌았을 때 다른 사람들이 출근하기 위해 합류했다.

상당히 앳돼 보이는 여성과 껄렁껄렁하게 걷는 남성이 모습을 드러냈다. 둘은 서로의 존재를 확인한 듯, 간단히 대화를 나누는 것처럼 보였지만 일방적으로 말을 하는 건 남성쪽이었다.

"아우, 출근하기 싫어. 진짜, 출근하기 싫다. 누군가 월요일부터 금요일은 시간이 늦게 가게하고, 주말은 빨리 가라고 세팅한 것 같지 않아요? 그렇지 않고서야 주말이 이렇게 빨리 갈 리가 없는데. 뭐 한 것도 없는데 이틀이 훅 가 버리네."

혼자서 남자가 떠들었으나 그 자리에 있는 나머지 사람들은 아무도 대꾸하지 않았다.

"우리 동네 사람들은 뭐 반응이 없네. 동네도 우중충하고, 사람들도 우중충하고. 아무튼 반가워요, 이인우라고 합니다."

인우는 한 사람, 한 사람에게 다가가 악수했다. 인우와 함께 도착한 여성도 살짝 고개를 숙이며 인사했다.

"윤하림입니다. 잘 부탁드려요."

하림은 말하고 나서 자기도 모르게 한숨을 길게 내뿜었다.

누가 봐도 하림은 출근하기 싫은 티가 팍팍 드러났고 얼굴도 매우 어두워 보였다. 아영은 어딘가 불안해하는 하림의 모습을 보면서 자신의 예전 모습을 보는 것 같았다. 하림은 이제 막 입사한 신입사원 같았다.

따각따각, 구두 소리를 내는 여성이 등장하자 모두의 시선이 그쪽으로 옮겨갔다. 구두 굽 소리가 튀어서 그런 건 아니었다. 한 손에 커피를 들고 있는 그 여성은 어느 누가 봐도 한 번쯤은 쳐다볼 법한 화려한 스타일의 소유자였다.

"한세나고요. 오늘은 내가 편하게 갈게요."

세나는 짧게 말하더니 커피를 한 모금 마시며 조수석에 타려 했고, 인우가 문을 열어 줬다.

"우리 동네가 원래 좋은 동네였네요? 반갑습니다, 이인우라고 합니다. 실례가 안 된다면, 커피 조금 나눠 줄 수 있으신가요? 다음에 제가 한잔 살게요."

"에이, 너무 뻔하다. 수법이."

세나가 어이없다는 듯 오히려 커피를 벌컥 들이켜며 거부의 의사를 표시했다.

함께 출퇴근할 5명의 직장인이 모두 모였다. 승규는 손에 들고 있는 차 키를 아영 쪽으로 던졌다.

"빨리 갑시다. 초보 운전이니까 꽤 시간 걸릴 것 같으니까요."

승규는 조수석 쪽으로 가더니 세나를 쳐다봤다. 그건, 자신이 조수석에 탈 테니 비키라는 무언의 뜻이기도 했다. 호락호락할 것 같지 않은 세나가 계속 버텼다.

"조수석 안전벨트 고장났어요. 가뜩이나 운전자도 초보인데 사고 나면 위험할 텐데요."

승규가 버티고 있는 세나와 운전석에 타려는 아영을 번갈아 봤다.

"그러면 뒤에 타야셌네. 난 살고 싶으니까!"

세나가 조수석 문 앞에서 떨어졌다. 승규는 더 할 말이 남았는지 다시 세나 쪽을 쳐다봤다.

"별로 의심 안 하는 걸 보니 직장에서 어떤 스타일인지 알 것 같네요."

승규가 대뜸 말하고 나서 조수석에 탑승했다. 세나는 멋대로 추측하는 승규에게 따지려다가 운전석에 탑승하려는 아영과 눈이 마주쳤다. 아영이 보내는 눈빛의 의도를 세나도 파악했다. 이미 아영도 저 싸가지 없는 인간한테 똑같은 말을 들었다는 것을. 서로 무슨 말을 하지 않아도 사람들을 모집한 승규의 성향을 단번에 파악할 수 있었다.

운전석에 탑승한 아영은 안전벨트를 매고 시동 버튼을 눌렀다. 운전석에 앉으니 잠이 확 달아났고 어서 빨리 운전하고 싶은 욕구가 타올랐다. 아영이 일을 하고 돈을 모으는 이유 중의 하나가 바로 자신이 끌고 다닐 수 있는 차량을 구매하는 것이었고 운전은 지루한 일상 중에 그나마 발견한 즐거움 중 하나였다.

아영은 아직 혼자서 차량을 끌고 다닐 실력을 갖추지 못했다는 것을 스스로 알고 있었다. 그래서 어느 정도의 운전 실력을 갖춘 다음에 차를 구매할 계획을 오래전부터 세웠다. 출퇴근 시간은 항상 무의미하게 흘러갔지만, 오늘을 기점으로 달라질 것이다. 가치 없었던 시간이 가치 있는 시간으로 바뀔 것이고, 덩달아 운전 실력까지 향상될 것이라는 생각에 아영은 뿌듯했다.

옆에 있는 승규의 헛기침이 들리자, 아영은 사이드미러와 백미러를 조정한 다음 운전석 시트도 살짝 앞으로 당겼다. 승규는 여전히 불안한 눈빛으로 아영을 바라봤다. 아영은 자신을 깔보는 듯한 눈빛이 심히 부담스럽고 못마땅했다.

하지만, 스스로 이겨 내야 했다. 특히나 여러 사람을 태우고 운전할 때의 심리적인 압박감을 극복해 내야 하는 것이 초보 운전을 벗어날 수 있는 지름길이었다. 운전하고 다니는 친구가 사람을 태우고 운전하는 것이 가장 힘들다고 말했었다. 이제야 그 말이 와 닿기 시작했다.

"브레이크, 엑셀 구분은 확실히 하는 거죠?"

승규는 불안한 눈빛을 거두지 못했다.

"그럼요."

어이, 아저씨. 사람을 깔보는 정도가 심하네. 아영은 말하려다가 참았다.

"양발로 운전하는 건 아니겠죠?"

승규의 계속되는 질문에 아영은 굳은 얼굴로 승규를 쳐다봤다.

"설마요. 대충 보니깐 어떤 스타일인지 알 것 같네요. 직장에서요."

아영은 변속기를 드라이브에 놓고 출발했다. 한 손으로 운전하면 사람들이 불안해하니 양손 운전을 하면서 최대한 부드럽게 주행을 이어 나갔다. 차가 동네 주변을 벗어나기 시작했고, 아영은 차선을 바꿀 때 깜빡이를 켜는 것도 잊지 않았다.

역시나 과속방지턱을 지날 때도 아영은 브레이크를 밟아 감속한 뒤 속도를 줄여 넘었다. 조수석에 앉아 팔짱을 낀 채 어떻게든 꼬투리를 잡으려는 승규가 아무 말도 없는 것을 보니 나쁘지 않게 운전을 하고 있는 것 같았다.

"운전 꽤 잘하네? 아무리 봐도 초보가 아닌데? 나중에 나 운전할 때 옆에서 도와줘요!"

세나는 집에서 가져온 베이글을 먹으면서 말했고, 그 말에 동의하는지 하림도 고개를 끄덕였다.

동네를 빠져나온 차는 외곽 순환 고속도로를 달렸다. 뒤에 차례대로 탑승한 하림, 인우, 세나는 출근 전까지 체력을 보충하기 위해 눈을 감고 잠시 잠을 청했다. 사람들은 간혹 운전이 지루하고 피곤해 말동무가 필요하다고 말한다. 아영은 예외였다. 함께 탑승한 사람들이 차라리 자는 것이 속이 편했다. 나머지 한 사람도 그랬으면 좋으련만. 아영은 고개를 옆으로 돌리려다가 참았다. 조수석엔 탄 승규는 말하는 것도 로봇 같았지만, 표정도 로봇 같았다.

도로는 직선구간이라 아영은 왼손이 불편하게 느껴져 잠시 왼손을 뗐다. 왼손에 땀이 살짝 맺혀 있었다. 아영은 운전하는 것이 즐겁기도 했지만 처음 만난 사람을 태우고 이동하다 보니 상당히 긴장한 것 같았다. 그래도 이러한 긴장감이 나쁘지 않았고, 무엇보다도 무의미했던 출근 시간을 알차게 활용한 것 같아 만족스러운 아침이었다.

처음 운전했을 때보다 긴장이 풀려 좁았던 시야도 탁 트였다. 옆에 있던 차가 끼어들려고 할 때 다른 운전자들처럼 속도를 내지 않고 오히려 양보했다. 앞차가 비상등을 켜며 감사함을 표시하자 아영은 살짝 미소를 지었다. 분명 별것 아닌데도 운전자들이 양보를 안 하는 모습을 아영은 많이 봐 왔다. 운전에 익숙해지면서 아영은 자신이 세운 운전 신념을 지키겠다고 다짐했다.

아무리 화가 나는 상황을 맞이해도 절대로 욕설을 내뱉지 말자. 앞차가 느릿느릿하게 운전해도 경적을 울리지 말자. 분명히 그 운전자가 느리게 가는 어떤 이유가 있을 것이다. 또한, 항상 방어운전을 하고 양보하면서 운전하자.

운전을 한 건 이번이 4번째였다. 남들 다 하는 운전 연수도 받지 않았다. 그런데도 이 정도로 운전을 능숙하게 하는 것을 보면 상당한 재능이 있는 건 아닐까. 앞으로 3달 동안 차근차근히 연습한 뒤에 그동안 눈여겨 봤던 차를 질러야겠다고 결심했다.

어쨌거나 운전할 수 있다는 기쁨만큼 아영을 만족시킨 건 바로 쾌적한 출근 환경이었다. 옆에 있는 사람은 약간 밥맛이었지만, 마치 투기 종목의 선수가 된 것처럼 출근길 지하철 안에서 사람들에게 이리 치이고 저리 치이며 몸싸움을 벌이는 것보다는 몇 만 배 나았다.

특히나 날씨가 좋지 않을 때의 출근은 끔찍했다. 비가 폭포수로 쏟아지는 날에는 신발이 젖어 찝찝한 상태로 근무해야만 했고, 무덥고 습도가 높은 날씨에는 출근길에 더위를 먹은 경험도 있었다.

이제 그러한 출근 환경과는 이별이라는 생각에 아영은 자신이 고민 끝에 내린 결정이 탁월한 선택이었던 것 같았다. 차는 서울 요금소 근처에 도착했으며, 직장까지는 약 30분 남았다. 여유롭고 쾌적한 출근 환경에 몰입한 사이, 아영은 자신의 가장 취약한 부분을 아직은 깨닫지 못하고 있었다.

○ ○ ○

8시 45분경에 차는 직장 일대로 진입했다. 유턴하기 직전, 차는 신호에 걸려 잠시 멈췄다. 아영의 시선은 역으로 향했다. 사람들이 역 밖으로 끊임없이 쏟아져 나오고 있었다. 출근길 전철 안이 꽤 혼잡했었는지 그들의 얼굴은 벌써 초췌하고 그늘이 지어져 있었다. 불과 지난주까지만 해도 아영도 그들과 같은 처지였다. 여기서 보니 출근하는 사람들은 마치 도살장에 끌려가는 것 같았다. 자신도 누군가의 눈에는 그렇게 보였을 것이지만 이제는 아니다.

네비가 알려 준 대로 아영이 유턴한 이후, 곧바로 우회전
하자 차는 직장이 밀집된 곳으로 들어왔다. 그동안 별 탈 없
이 운전했던 아영의 심장이 뛰기 시작했고 아까와는 달리
시야가 극히 좁아지기 시작했다. 갑자기 이런 증상이 찾아
온 이유를 잊고 있었다. 운전의 마지막은 주차였다. 아영의
아킬레스건이기도 했다.

게다가 아영은 뒤 차량의 존재도 신경 쓰였다. 백미러로
다시 확인해 보았는데 뒤차는 간격을 유지하지 않고 아까부
터 지나치게 가까이 와 있었다. 역시나 아영의 예상내로 뒤
차는 경적을 빵빵 울렸다. 울림은 한 번이 아니고 계속 이어
졌다.

"허허, 성질 고약하네. 한번 나가 줘야 하나?"

인우가 뒤를 돌아보며 자신만만한 모습을 보였다.

"싸움 못할 것 같은데."

세나가 그렇게 말하고 나서 비웃자, 인우가 갑자기 가슴을
내밀고 오른팔에 힘을 줬다.

"제가요? 이두 만져 볼래요? 저 인간 내가 딱 소매 걷으면
바로 쫄걸요? 회사 근처니까 참는 겁니다. 우리 동네였으면
내가 가만히 안 있지."

인우가 팔에 힘을 주고 세나가 이두를 만져봤다. 근육이

하나도 없어 세나가 어이없다는 듯 웃었다. 이 상황에서도 침착한 승규가 오른손가락으로 비어 있는 곳을 가리켰다.

"뒤에 차 무시하고요. 저기 보이죠? 저쪽에다가 주차해요. 비상등 켜고요."

이런 상황을 마주하는 것이 두려워 아영은 동행할 사람이 필요했던 것일지도 모른다. 아영은 고개를 끄덕이고 나서 비상등을 찾기 위해 오른손을 분주히 움직였다. 아직 차 안 내부가 익숙하지 않아 비상등을 찾지 못했다, 오히려 히터를 세게 틀어 버렸다. 초보자인 티를 팍팍 드러내 당황스러운 아영은 다시 다른 버튼을 눌렀지만, 이번에는 라디오가 흘러나왔다. 그 사이, 뒤에 버티던 다른 차들도 경적을 울려 대자, 승규가 비상등을 대신 켜 줬다.

"이 정도면 공간 충분하니까 어렵지 않죠?"

승규의 질문에 아영은 대답을 못했다. 아영의 속은 지금 타들어 갔다. 주차는 왜 이렇게 어려운 걸까. 괜히 처음에 운전하겠다고 나선 게 후회스러웠다.

보통 비상등을 켜면 약 10초 안에는 주차를 끝내야 한다. 10초라는 시간이 흐른 뒤에 주차의 각이 잡히지 않으면 뒤에 대기하는 차들은 그 짧은 순간을 참지 못하고 욕설을 퍼붓거나, 아니면 성격 더러운 운전자들은 밖으로 나와 손찌

검하면서 싸움을 걸지도 모른다.

여기서 주차를 좀 대신해 주면 안 될까요. 턱 끝까지 차올랐던 그 말을 접었다. 처음 보는 사람들한테 망신당하고 싶지 않았고 앞으로 운전하면서 이런 상황은 매번 찾아올 것이라 스스로 극복해야만 했다.

정신을 차리자. 다른 일에 비하면 이 정도의 일은 아무것도 아니다. 아영은 전날 복습한 주차 영상을 되새기며 스스로 할 수 있다고 최면을 걸었다. 아영이 주차해야 할 위치는 조수석 옆 비어 있는 공간이었다. 그런데 양쪽에 주차된 차는 하필이면 모두 고가의 외제차였다. 악재는 왜 항상 나를 피해 가지 않고 끈적끈적하게 엉기는 걸까.

직장이 밀집된 지역에서 주차 자리를 찾는 건 하늘의 별 따기나 다름없었다. 여기 말고 무료 주차할 수 있는 곳도 없었다. 그야말로 선택권이 없는 상황이다. 주차를 어렵게 생각하지 말자. 주차는 간단하다. 차를 빈 곳에 갖다 대면 된다. 그게 전부다. 그러니까 그냥 주차하면 되는 것뿐인데 막상 운전자가 되니 이토록 신경 써야 할 것이 많은지 처음 알았다.

아영은 미리 학습한 후진 주차의 공식대로 주차 칸 안에 어깨를 맞춘 다음, 핸들을 왼쪽으로 끝까지 꺾어 앞으로 천천히 나가면서 오른쪽 사이드미러로 바닥의 모서리도 확인했다. 기다리는 사람들의 인내심이 한계에 도달했다는 것을 알고 있는 아영은 변속기어를 후진으로 바꾼 후에 오른쪽으로 핸들을 감아 천천히 후진했다.

이때 지나가던 사람들이 주차 시도하려는 차를 기다리지 않고 먼저 지나가서 아영은 브레이크를 잠시 밟았다. 조금만 기다리면 될 텐데 그새를 못 참고 지나 가냐. 아영은 입에서 험한 말이 나오려는 것을 참았다. 사람들이 모두 지나간 이후에 아영은 다시 후진을 시도했다.

"워워, 멈춰요! 옆 차하고 닿아요!"

옆을 확인하던 승규가 다급하게 말하고 나서야 아영은 옆 차와 닿을 뻔했다는 것을 깨달았다.

운전만 했을 뿐인데 누구한테 한 대 맞은 것처럼 머리가 띵했다. 마음 같아서는 운전석에서 벗어나 도망가고 싶었다. 그냥 주제에 맞게 대중교통을 타고 출근할걸.

지금 상황은 완벽하게 주차해야 할 뿐만 아니라, 옆 차와 닿는 것도 신경을 써야 하고, 뒤에서 기다리는 차들과 지나가는 사람들도 고려해야 한다.

무엇보다 더 중요한 건, 주차로 인해 시간이 지체되면 정시에 출근하지 못하게 된다. 지각하면 회사 내 평판에 심각한 문제가 생긴다. 한 번의 지각을 만회하려면 몇 개월의 시간, 아니 몇 년의 시간이 걸릴지도 모른다.

"D로 바꿔서 앞으로 나가시면 될 거예요. 그러면 틈이 생길 거고."

줄곧 말이 없던 하림이 한마디 했다. 아영은 다시 후진하려고 했지만 뒤에 있던 차가 경적을 계속 울렸다. 결국 자신감을 잃은 아영은 후진 후 주차하는 것을 포기하고 그 자리를 떠났다. 승규가 답답한 한숨을 내뱉었고, 아영을 향해 불만 가득한 표정을 지었다.

"여기 말고 무료 주차인 곳은 없을 텐데요?"

"다른 곳에 주차할게요. 아까 본 데가 있어요."

아영은 답하고 나서 승규의 시선을 피했다.

차는 직장 주변을 벗어나 다시 한 바퀴를 돌았다. 주변 어디를 둘러봐도 주차할 공간은 없었다. 이럴 수도 없고 저럴 수도 없는 상황에 아영의 한숨만 늘어갔다. 어딘가 급해 보이는 세나가 가방을 챙기고 나갈 준비를 했다.

"저기, 빨리 차 세워요. 나, 지각하면 진짜 큰일 나."

세나는 운전석에 앉아 있는 아영의 어깨를 툭툭 치며 빨리 차를 세우라고 재촉했다. 하지만 아영은 지금 차를 세울 여유가 없었고 다른 사람의 말이 귀에 들리지도 않았다. 세나가 짜증을 내는 사이, 아영은 운 좋게 빈자리를 발견했다.

"미안해요! 저기다가 댈게요."

이 정도 공간이면 충분히 주차할 수 있어 아영의 목소리가 살짝 밝아졌다.

다행히 뒤에서 따라오는 차는 없었고, 지나가는 사람들도 없었다. 이번에 아영은 충분히 주차할 수 있을 것 같았다. 왼쪽 후진 주차는 약간의 자신감도 있었다. 같은 후진 주차여도 아영은 운전석과 가까운 왼쪽이 거리감을 파악하는 데 있어 한결 편했다. 망설이던 모습은 사라졌다. 아영은 아까보다 훨씬 더 능숙하게 핸들을 돌려 후진을 시도했다.

약간의 우여곡절은 있었지만, 이 정도면 충분히 잘한 것이었다. 출근 시간은 맞출 수 있으니까. 주행은 완벽하니 앞으로 주차만 중점적으로 연습해야겠다고 마음먹었다.

그런데 지이익, 차가 긁히는 소리가 났다. 처음에 아영은 트렁크에서 나는 소리라고 생각했지만, 백미러를 통해 옆차와 딱 붙었다는 사실을 뒤늦게 알아차렸다. 당연히 사람들의 탄식이 쏟아졌고 확 짜증이 난 모습을 승규가 하고 있었다.

"불안불안하다 싶었는데, 결국 일을 저질렀네요."

승규가 탄식하며 창문을 내렸다.

　　　　　　　　　　　　5명의 출·퇴근자

아영은 자신의 실수를 인정하기 어려웠고 오히려 차가 야속했다. 왜 쓸데없이 차가 큰 걸까. 차가 조금만 더 작았으면 옆 차를 긁을 일은 없었을 텐데. 현기증이 나기 시작했고 시야가 흐릿하게 보였다. 이미 정신이 반쯤 나간 아영은 후진하려 했다. 그 순간, 승규가 아영의 팔을 잡았다.

"뒤로 후진하면 더 긁죠. 생각 좀 합시다. 앞으로 움직여요. 내려서 봐줄 테니까."

참는 데도 한계가 온 승규가 차에서 내렸다. 다른 사람들도 이때다 싶어 차에서 내렸다.

머리가 어지러운 아영은 살짝 앞으로 차를 움직인 다음 차에서 내려 옆 차의 상태를 확인했다. 다른 사람들은 의아하게도 차가 긁힌 쪽으로 올 생각이 없었고 표정을 보아하니 자리를 떠나려고 했다.

"어디 가요?"

아영이 다급하게 질문했지만, 사람들은 점점 아영과 거리를 뒀다. 가장 멀리 떨어져 있는 사람은 인우였다.

"회사가 제일 중요하게 보는 게 출근 시간이어서요. 제가 그나마 회사에서 안 잘리고 있는 이유가 출근 시간 하나만은 기가 막히게 지켜서거든요. 먼저 갑니다!"

인우가 쏜살같이 사라졌다. 아영은 말문이 막혔다.

"미안, 갈게요."

역시나 출근 시간이 아슬아슬하다고 말한 세나도 그 자리를 빠져나왔다. 마음이 급해 보이는 하림은 갑자기 아영 쪽으로 다가갔다.

"회사가 오래된 만큼 규율이 너무 심해요. 안 좋은 관습은 없어지지도 않고…. 신입이라 1초라도 늦으면 큰일 나서요. 죄송합니다."

그렇게 떠나려고 하는 하림의 손을 아영은 잡고 싶었지만, 그렇게 할 수 없었다. 물론 자신의 주차가 서툴러 옆 차를 긁은 건 사실이지만 자신이 반대의 상황이었다면 이렇게 매정하게 떠나지는 않았을 것이다.

오늘 처음 본 사람들이지만 함께 차를 타고 왔으니 도와줘야 하는 것 아닌가. 게다가 같은 초보 운전자 입장이라면 현재 마주한 상황을 혼자서 해결할 수 없다는 것도 뻔히 알텐데. 아영은 노심초사했지만, 다행히도 승규만은 자리를 지키고 있었다.

"어떻게 해야 할까요?"

아영은 직감 상 승규도 같은 초보 운전자일 테지만 마치 이 상황을 겪어 본 것처럼 당황하는 모습을 코빼기도 찾아볼 수 없었다. 승규가 차의 상태를 확인하더니 아영에게 뭔가 지시를 할 것 같은 표정을 지었다.

"어제 제가 올린 공지 사항은 봤겠죠?"

"예? 보긴 봤어요…."

"주차 도중에 남의 차를 긁었을 경우, 당사자가 부담한다고 적혀 있는 것도 보셨을 테고요."

"그렇긴 하지만…."

"사고는 누구나 낼 수 있으니까 잘 해결하시고, 이후 진행 상황에 대해서는 단체 방에 남겨주세요."

"아니 그래도 같이 해결하는 게…."

혹시나 승규마저 이 상황을 외면할 것 같아 아영이 그의 팔을 잡았다.

지금 아영은 승규의 도움이 절실했다. 사람들과 같이 움직이고 싶었던 결정적인 이유, 그건 이런 우발적인 일에 휘말렸을 경우 함께 대처하고 싶었기 때문이다. 승규는 남의 일인 듯 냉정한 표정을 거두지 않았다.

"출퇴근만 같이하고 각자도생하기로 했잖아요? 그게 편하기도 하고, 그걸 원하는 거 아니었어요? 그럼, 이만."

승규는 확실히 선을 긋고 매정하게 떠나 버렸다.

"저기요, 저기요!"

아영은 떠나지 말라고 했지만, 승규는 뒤도 돌아보지 않고 출근하는 사람들 무리 속에 자기 모습을 감췄다.

혼자 남은 아영은 마음이 복잡했다. 이대로 떠나 버린 사람들이 몹시 원망스러웠다. 자신도 평소 주변 사람들로부터 개인주의적인 경향이 심하다는 이야기를 종종 들었으나 오늘 만난 사람들은 정도가 심했다. 그래도 동네 사람들은 좀 더 친절하고 남을 배려할 줄 알았건만, 이건 거리에서 스쳐 지나가는 사람들보다 더 매정했다.

지금부터 모든 걸 혼자 해결해야만 한다. 더욱이 출근 시간까지 얼마 남지 않았다는 것을 알게 된 아영은 핸드백을 뒤졌지만 뭔가를 적을 수 있는 메모지도 없었다. 일이 꼬여도 너무 꼬였다. 오늘 아침은 역대 최악의 하루였다.

괜히 운전을 하겠다고 나댄 것 같았다. 애초에 시작을 안 했으면 이런 난감한 상황을 겪지 않았을 텐데. 아영은 지나가는 사람들에게 메모지를 빌려달라고 부탁했지만, 그마저도 쉽지 않았다. 때마침 지나가던 야쿠르트 배달직원에게 간신히 메모지와 볼펜을 빌렸다. 아영은 차를 긁어서 죄송하다고 쓴 다음에 옆 차의 와이퍼에 메모지를 끼워 넣었다.

출근에 모든 체력을 쏟아부은 아영은 긴 한숨을 내쉬었다. 아직 출근하지도 않았는데 지금 몸과 정신 상태는 야근을 며칠 한 것 같은 느낌이었다. 출근하기가 무서웠고 오늘 하루가 두려웠다. 또 지각해 버렸으니까.

○ ○ ○

팀장은 6시가 되자 짐을 챙겨 자리를 떠났다. 이어서 직급 순서대로 차장, 과장도 1~2분 간격으로 사무실을 떠났다. 다들 약속이 있어 떠나다니, 운이 좋았다. 이제는 아영의 차례였다. 지금 나가면 약속 시간인 6시 30분까지 도착하는 건 무리가 없었다. 퇴근길 운전자는 승규로 정해져 있었고, 이번엔 아영이 조수석에 탈 예정이다.

자신이 차를 긁고 나서 떠나 버린 사람 중에 단연코 가장 마음에 들지 않는 건 바로 승규였다. 만약 그가 조금이라도 기본원칙을 어기면 바로 한 소리 해야겠다고 마음먹었다. 설령 기본원칙을 준수하더라도 어떻게든 되갚음을 해줄 것이다.

이 상황에서 울리지 말아야 할 핸드폰이 울렸다. 팀장의 전화였다. 전화를 받기 전부터 불길한 느낌이 들었는데 역시나 팀장은 자신의 자리에 놓여 있는 서류를 스캔해 업체에 메일을 보내라고 시켰다.

평소였으면 간단한 일이라 아무런 불만 없이 처리하겠지만 퇴근 시간대에는 약간의 시간만 지체되어도 마음이 초조해졌다. 특히나 같이 퇴근하기로 한 사람들이 있고, 그 사람들이 인정 따위가 없는 사람이라면 더더욱 초조해질 수밖에 없었다.

초조한 기색의 아영은 팀장의 자리로 가서 서류를 집고 컴퓨터를 켰다. 다음 화면으로 넘어가야 할 컴퓨터는 갑자기 자동 업데이트를 시행했다. 분명히 자동 업데이트 끄기를 설정했었는데 통제 불능의 컴퓨터는 매번 이런 식이었다.

하필이면 왜 지금 이러는 거야. 아영이 발을 동동 구르며 시간을 확인해 보니 6시 15분이었다. 회사의 위치는 8층이다. 회사 건물은 최근에 지어졌으나 문제는 승강기가 다른 빌딩에 비해 현저히 느리다는 단점이 있다. 회사에서 목적지까지는 약 5분 정도 걸린다. 시간은 매우 촉박했다.

마침내 자동 업데이트가 끝난 후, 아영은 빠르게 메일을 보내고 사무실을 뛰쳐나갔다. 승강기를 잡았지만 아무리 기다려도 1층에서 올라올 생각이 없었다. 아영은 비상구 문을 열고 계단을 뛰어 내려갔다. 근무 시간에는 시간이 지겹도록 느리게 흐르지만, 퇴근 시간에는 훅훅 지나갔다.

회사 건물에서 탈출한 아영은 약속 시간까지 3분 남았다는 것을 깨달았지만 그리 걱정하지는 않았다. 시간을 정확히 맞추지 못하겠지만, 늦어도 고작 1~2분 안쪽이었다.

차가 세워진 곳에 아영은 거의 도착했지만 있어야 할 사람들의 모습이 보이지 않았다. 길을 잘못 들었나 싶어 아영은 주변을 두리번거렸다. 익숙한 카페가 있는 것을 보니 이 길이 분명히 맞았다. 그런데 목적지에는 사람도 없었고, 차량도 보이지 않았다.

기억의 오류라도 생긴 걸까. 아영은 고개를 갸웃거리며 자신이 다시 착각했다고 생각해 네비로 검색해 보았다. 틀림없이 장소는 이곳이 맞았다. 주변을 다시 둘러봐도 아영이 타고 온 차량은 자취를 감춰버렸다. 핸드폰 진동음이 울려 단체방 메시지를 확인했다. 승규가 보낸 문자였다.

혹시나 몰라서 문자 드립니다.

이미 알고 계시겠지만 출발시간은 정확히 6시 30분입니다.

1초라도 늦으면 먼저 떠난다고 어제 확실히 제가 공지했습니다.

그래도 처음 퇴근이어서 30초 정도 더 기다렸습니다. 굉장히 어려운 결정이었고요.

기다렸는데도 아직 도착하지 않으셔서 먼저 갑니다.

"와, 정말 이 인간은!"

아영은 탄식하며 한 번도 쥐어 보지 않은 주먹을 자연스레 쥐었다. 미치도록 화가 나서 손에 들고 있는 핸드폰을 바닥에 던지려다가 참았다.

그래, 내가 좀 늦었다. 6시 30분 도착이 아닌, 6시 30분 54초에 도착을 했다. 그래도 이렇게 가 버리는 건 좀 아니잖아. 1분도 늦지 않았는데. 아영의 상식선에서 사람들이 이렇게 떠나 버리는 건 좀처럼 이해할 수가 없었다.

아영은 한숨을 푹푹 쉬며 불편한 기색을 드러냈다. 승규 혼자서 독단적으로 결정을 내린 걸까. 어쨌거나 결정을 주도한 승규와 그 결정에 동의한 다른 사람들까지 모두 미웠다.

가뜩이나 최근 몇 주 동안 업무에 치여 정신적으로 피곤한 상태였다. 출퇴근 시간을 편히 보내야 하고, 최대한 스트레스를 받지 않은 상태에서 일에 투입되어야 한다. 하지만, 오늘 겪은 출퇴근은 업무 이상의 스트레스였다. 대중교통을 타고 출퇴근했으면, 정 없는 사람들을 만날 이유도 없었고 이런 짜증 나는 일에도 휘말리지 않았을 것이다.

패잔병이 된 것 같은 아영은 역을 향해 걸었다. 걸음이 무거울 수밖에 없는 이유는 퇴근길 전철 안이 출근 시간 못지 않게 사람들로 붐비기 때문이다. 기분이 더러운 상황에서 비까지 내렸다. 비가 온다는 예보가 없었는데, 이상기후 때문인지 갑자기 쏟아졌다. 평소 아끼던 옷과 가방은 이미 비에 젖고 말았다.

퇴근길 지하철 안은 숨이 턱턱 막혔다. 대중교통의 단점이 아무리 봐도 너무 컸다. 출퇴근 시간만 약 3시간 30분을 잡아먹었다. 사실상 회사 정문부터, 집 정문까지 계산하면 시간은 더 늘어난다. 이런 치명적인 단점 때문에 자취해야 하는 건 아닌지 고민했지만, 막상 자취하고 나면 쓰지 않아도 될 주거비가 아까울 것 같았다.

고민만 하다 보니 잠도 자지 못하고 역에 도착했다. 지하철 계단이 오늘따라 산을 오르는 것만큼이나 험했다. 역 밖으로 나온 아영은 기분도 꿀꿀해 편의점에 들어가 맥주를 사서 나왔다. 회사 생활을 하면 할수록 술만 늘어가는 게 현실인 건가. 아영은 맥주를 벌컥벌컥 들이키며 집 쪽으로 걸어갔다.

원수는 외나무다리에서 만난다고 했지. 아영은 맞은편에

서 걸어오는 운동복 차림의 승규를 봤다. 승규는 그런 아영을 보고도 전혀 당황하거나 움츠리는 기색이 없다. 승규는 어깨를 오히려 더 펴고 걸어왔다.

"이제 왔어요? 이쪽으로 다니나 보네요? 그럼 한 번쯤 마주쳤을 법도 한데? 그렇죠?"

승규는 전혀 미안해하는 기색이 없었다. 아영은 미안하다고 말하면 좋게 넘어가려고 했는데 도저히 가만히 있을 수 없었다.

"1분도 못 기다린 거예요?"

아영은 기가 막힌다는 표정을 지었고 마음 같아서는 손에 들고 있는 맥주 캔을 승규 얼굴에 던지고 싶었다.

"퇴근 시간의 몇 분 차이가 그날 하루 온전히 자기만의 시간을 가질 수 있느냐 없느냐가 갈리는 건 알죠? 한 사람 때문에 여러 사람의 소중한 개인 시간이 피해가 가서는 안 되지 않을까요?"

"그래도요, 이건 좀 심하지 않나요?"

"저는 그렇게 생각하지 않는데. 한 사람의 퇴근이 지연될수록 우리의 저녁 있는 삶은 줄어드니까요."

승규의 의견은 확고했고, 아영은 대화하면 할수록 진이 빠지는 것 같았다. 더 이상 이 사람과 대화에서는 득이 될 게

없다고 판단했다. 여기까지다. 두 번 다시 당신의 얼굴을 볼
일은 없어.

"여기서 빠질.."

아영은 끝을 맺으려다가 오늘 수모를 당했던 일들이 빠르
게 머릿속을 훑고 지나갔다. 이렇게 당하고 있을 수 없었다.
먼저 비위를 거스르는 말을 하고 배려 없이 군 건 저쪽이다.

"빠질 거죠? 알겠어요. 가끔 동네나 회사에서 보면 인사라
도 합시다."

승규는 이미 아영이 더 이상 함께 할 생각이 없다는 것을
빠르게 간파했지만, 아영은 고개를 저었다.

"빠지긴 누가 빠져요. 멋대로 추측하지 마세요."

아영은 승규를 지나쳐 걸어가며 오늘 겪었던 일을 똑같이
되갚아 주겠다고 다짐했다.

시간중독

승규는 오늘도 가장 빨리 차가 주차된 곳에 도착했다. 약속 시간은 아직 넉넉히 남았다. 시간을 지키는 건, 그의 몸에 자연스럽게 베여 있는 습관 중의 하나였다. 연차가 쌓이면 쌓일수록 시간을 지키는 건 오히려 중독에 가까워져 있었다.

특히나 승규는 출근 시간을 지키는 것이 회사 생활 중에 가장 중요하다고 들었다. 처음에는 인정하고 싶지 않았지만, 시간이 지나고 보면 직장 선배들이 해주는 말은 대부분 옳았다. 회사에서 출근 시간을 지키지 못하는 사람은 아예 사람 취급도 하지 않았기 때문이다.

어느덧 직장생활 4년 차인 승규는 출퇴근 시간을 적절하게 활용하는 법에 익숙해졌다. 물론 처음부터 그런 건 아니었다. 취준생 시절에 어디든 입사하고 싶어 대기업이라면 출퇴근 시간이 오래 걸리더라도 대수롭지 않게 여겼다. 하지만 입사 후 1달, 아니 1주가 지났는데 섣부른 판단이었다는 것을 깨달았다. 출퇴근 시간 때문에 회사를 그만두고 다른 곳으로 이직을 고려했을 정도였다.

현재 다니고 있는 회사보다 더 괜찮은 회사를 찾을 수 있을까. 스스로 되새긴 질문에 승규는 자신이 없었다. 결국 이직을 포기한 승규는 자연스럽게 출퇴근 시간을 활용하는 방법을 찾았다.

처음에는 전철 안에서 책을 읽거나 영화를 봤다. 그게 지루해지면 자격증 공부도 했다. 그러나 문제는 책을 보든 영화를 보든 공부하든 도저히 집중할 수가 없었다. 언제나 출퇴근 시간의 전철 안은 만원이라 무슨 일을 하든 집중하기가 힘들었다. 매일 사람들로 북적거리는 대중교통을 타다 보면 기가 빨려 들어가는 느낌이었다.

그 외에도 승규가 운전해야겠다고 마음먹은 건 지난번 소개팅에서 마음에 드는 상대가 자신의 운전이 서툴고 차가 없다는 이유로 연락을 끊어 버렸기 때문이다. 그저 솔직히 말했을 뿐인데.

사람들이 하나둘씩 모습을 드러냈다. 가장 말이 없고 조용한 하림은 사람들과 눈인사만 하고 차에 탑승했다. 그사이 세나와 인우는 꽤 친해졌는지 서로 말을 놓으며 대화하고 있었다. 세나는 잔뜩 차려입은 인우를 보고 한심하게 바라봤다.

"적당히 좀 해라. 뭔 자신감으로 그렇게 나대는 거야? 너, 우리 회사 애들한테도 소문났던데?"

세나가 고개를 도리도리 젖고 있었다.

"에이, 누나! 소문이 났다는 거 자체가 내가 괜찮다는 이야기잖아? 하여간, 다들 보는 눈은 있어서 가자고."

인우가 능청스럽게 대처했지만, 세나는 어처구니가 없어 비웃었다.

"동네 망신시키지 말고. 너, 명함 우리 화장실 쓰레기통에 돌아다니더라."

세나가 가방에서 꺼낸 건 구겨진 인우의 명함이었다. 인우는 자신의 명함을 되돌려 받았지만 전혀 기분 나빠하지 않았고, 오히려 히죽 웃었다.

"역시 내 예감이 맞았네."

"뭐가?"

"사실, 누나네 회사 사람들은 상태가 별로 안 좋더라고. 그쪽은 아예 외모는 안 보고 뽑나봐?"

"너희 회사만 하겠니?"

"오늘은 어느 회사의 구내식당을 가서 명함을 뿌려야 하나?"

"회사에서 안 쪽팔려?"

"한 번 사는 인생 계속 시도해야죠."

인우와 세나가 티격태격하며 차에 탑승했다.

승규와 아영은 눈이 마주쳤다. 그날 이후 1주일이 지났다. 승규의 예상과는 다르게 아영은 계속 같이 출근했고 자신을 포함해 다른 사람들에게 섭섭하다는 이야기도 하지 않았다. 만약 승규는 자신이 그러한 일을 겪었으면 크게 화를 내거나 분명히 어떠한 보복성 발언을 했을 것이다. 반면에 아영은 조용했다. 지금도 그랬다. 아영은 표정 변화 없이 운전석에 탑승했고, 승규도 조수석에 탔다.

차가 출발한 이후, 승규는 힐끔힐끔 운전하는 아영을 쳐다봤다. 이 중에서 가장 안정적으로 주행을 하는 건 아영이었다. 승규는 지난번 일이 살짝 미안해 칭찬 겸 사과를 하려다가 나중에 둘이 있을 때 칭찬해야겠다고 생각을 바꿨다.

매일 정해진 시간에 단백질 섭취를 해야 하는 승규는 가방에서 단백질 영양제를 단숨에 들이켰다. 다 마시고 나서 평소보다 약간 맛이 이상하게 느껴졌다. 별일 아니라고 생각한 승규는 팔짱을 낀 채 눈을 감았다. 출퇴근 시간에 자기계발을 위해 책도 읽고 공부도 해보았지만, 경험상 이 시간에 할 수 있는 가장 효과적인 일은 잠이었다. 분명히 적당하게 잠을 자고 일어났지만, 회사 생활을 버틸 수 있는 체력은 아직 올라오지 않았다. 이 시간 동안 조금 잠을 자야 회사 생활을 무리 없이 할 수 있었고, 퇴근 후에도 피곤함 없이 운동할 수 있었다. 눈을 감은 승규는 평소 같았으면 10분 이내에 잠이 들었겠지만, 오늘은 기분이 이상했다. 원래였으면 금방 잠이 들었을 텐데 좀처럼 잠이 오지 않았다. 아무리 눈을 감고 있어도 잠의 신호는 오지 않아 눈을 떴다. 승규는 이마에서 살짝 땀이 나려는 느낌이 들었다. 지금 덥지도 않고, 감기 기운이 있는 것도 아닌데 말이다. 목이 건조하거나 따갑지도 않았으며 이마에 손을 대보니 미열 증상도 없었다.

몸이 쑤시거나 그런 것도 아닌데 왜 이러는 걸까. 갑자기 승규의 이마에 주름이 생겼다. 식은땀도 났다. 잠이 오지 않는 이유를 이제야 알아차렸다. 틀림없이 장에 문제가 생겼다. 그러고 보니 오늘 아침에 뭔가가 허전했는데 화장실을 갔다 오지 않고 나왔다는 사실을 뒤늦게 깨달았다.

장에 문제가 생겨도 심하지 않으면 참을 수도 있다. 승규는 눈을 감고 참을 수 있다고 최면을 걸었다. 이것도 인내심의 싸움이다. 지금보다 더 최악인 상황에서도 참은 적이 있었다. 훈련병 시절에 3일 동안 큰 것을 못 보게 한 적도 있었으니까. 참고 기다리다 보면 자연적으로 신호가 없어지는 순간이 찾아올 것이라고 믿었지만, 이번에는 좀 느낌이 다르다. 눈을 감고 기다렸는데도 더 이상 버틸 수가 없었다.

승규는 눈을 뜨고 나서 주변을 불안한 눈빛으로 두리번거렸다. 현재 상태로 참을 수 있는 시간은 3분 안쪽일 것이다. 그야말로 절체절명의 위기 상황임이 틀림없다.

"잠깐, 차 좀 세워요."

승규가 급히 말했지만, 운전하는 아영은 전혀 반응이 없었다.

"아영 씨, 차 세우라고요. 빨리."

승규의 목소리가 떨렸지만, 아영은 가림판을 쳐놓은 듯 승규 쪽은 쳐다보지 않았다.

"급하다고요, 진짜로."

"형, 왜 그래요? 뭐 놓고 왔어요?"

뒤에서 지켜보던 인우가 질문을 했다. 승규는 뒤돌아 제발 좀 도와달라는 눈빛을 간절하게 보냈다.

"상황이 급해, 진짜로."

"급똥이구나."

인우가 남 일 같지 않다는 표정으로 안쓰럽게 바라봤다. 옆에 앉은 세나가 인상을 쓰며 코를 막았다.

"아, 더러워. 뭐예요? 자기관리 잘하는 사람인 줄 알았더니. 실망이네."

"아니, 이건 자기관리하고 전혀 상관없는 건데요. 으윽."

승규는 지금 말하기도 어려운 상황이었다. 한 단어를 내뱉을 때마다 참을 수 있는 시간이 10초씩 앞당겨지고 있었다.

"일찍 일어나서 화장실까지 갔다 오는 것도 자기관리죠. 왜 이상한 냄새가 나는 것 같지? 설마?"

세나는 가방에서 향수를 꺼내 승규 쪽으로 뿌렸다.

"윽, 차 세워요, 제발요, 부탁이에요."

승규는 절실한 표정으로 아영을 다시 봤지만, 아영은 시선을 정면에 고정한 채 오히려 가속페달을 세게 밟았다.

"한 사람 때문에 출근 시간이 늦어서는 곤란하겠죠? 그냥 참아요, 어린애도 아니고."

아영의 차가운 말투에 승규는 두 손을 모으며 간절히 부탁했다.

"지난번에 미안했어요. 그게 나 혼자서 결정한 건 아니었어요."

"어머, 우린 그렇게 말 안 했는데? 아영 씨, 그냥 가요!"

세나가 다시 향수를 승규 쪽으로 뿌렸다.

"제발 좀. 부탁입니다. 더는 참기가…."

승규의 얼굴은 이미 노랗게 질려 있었고, 아영은 그러한 승규의 모습을 보고도 동정하지 않았다.

"사람이 참 간사하네요. 자기가 어려운 상황에 놓여 있으면 사과하고, 남이 어려운 상황에 있으면 무시하고."

"직장생활을 하다 보니 시간에 대해서 나도 모르게 강박관념 같은 게 생겼어요."

"변명으로 들리네요."

"제발 좀 부탁입니다. 더는…."

승규는 완전히 한계에 도달한 것 같았고 자포자기한 표정을 지었다.

"저기요. 똥을 싸든, 뭐를 하든, 조용히 좀 가면 안 될까요?"

줄곧 아무 말도 하지 않던 하림이 낮은 목소리로 말하자 차 안은 일제히 조용해졌다.

○ ○ ○

사소한 것에 감사하며 살자. 승규는 그 말을 뼈저리게 느낀 오전이었다. 동료들과 돈가스집에 앉아 음식이 나오기를 기다렸다. 구석에서 혼자서 밥을 먹고 있는 하림을 발견했다. 동료들에게 양해를 구한 뒤, 승규는 음식을 먹는 둥 마는 둥 하는 하림 쪽으로 다가갔다.

"왜 혼자 먹어요?"

승규가 맞은편에 앉았다.

"혼자 먹는 게 편해서요. 속은 좀 괜찮으세요?"

하림은 지극히 형식적으로 질문했다.

"덕분에요. 도와줘서 진짜로 고마워요. 내가 꼭 보답할게요."

"전, 그냥 시끄러운 게 싫었을 뿐이에요."

하림은 시선을 아래로 향하며 승규와는 눈도 마주치지 않은 상태에서 돈가스를 입에 넣었다.

"거기서 하림 씨가 도와주지 않았으면, 생각만 해도 끔찍하네. 걔 성격으로 봐서는 그냥 지나쳤을 거예요."

승규는 오전에 겪었던 일은 생각조차 하기 싫었고 지금 다시 돌이켜봐도 아찔한 순간이었다. 차 안에서 실수라도 했다가는 평생 놀림감이 되고, 동네에서 얼굴도 못 들고 다녔을 것이다. 어쩌면, 그 일 때문에 이사를 하였을지도 모르는 일이다. 그런 위기 상황 속에서 하림이 끼어들자, 차 안은 조용해졌다. 모든 것을 내려놓은 승규가 눈을 감고 다시 눈을 떴을 때 차는 어느 건물 앞에 도착했다. 하림은 가방에서 물티슈를 꺼내 승규에게 건넸고, 밖으로 뛰쳐나간 승규는 무사히 볼일을 치를 수 있었다.

"회사는 얼마나 다니신 거예요?"

하림은 넌지시 물었다.

"4년 됐어요. 하림 씨는 오래된 것 같지는 않아 보이는데 …."

"맞아요, 3개월이요. 말씀 편하게 하세요. 그렇게 하기로 했잖아요."

하림은 음식에는 거의 손을 대지 않았다.

"그래, 일은 할만해?"

질문을 받고 나서 하림은 처음으로 승규와 눈을 마주쳤다.

"그럴 리가요. 어떻게 4년을 버티신 거예요?"

하림은 6개월도 버티기 힘들었다.

"아무 생각 안 하고, 그냥 나 자신을 놓아버리니까 어느새 시간이 지나가 있더라고."

"그게 가능한 건가요?"

"결국, 시간은 가더라고. 안 갈 것 같아도, 결국엔 가."

승규의 말에 동의할 수 없다는 듯, 하림은 긴 한숨을 내쉬었다.

승규는 직장생활에 대해서 좀 더 물으려다가 주변을 슬쩍 봤다. 이 안에 하림의 회사 사람들도 있을 가능성은 충분했다. 괜히 회사 험담을 하다가 하림이 난처해질지도 모른다. 승규는 다른 주제로 화제를 돌리려다가 아영과 비슷하게 생긴 사람을 보고 화들짝 놀랐다. 아영의 모습을 떠올리니 지우려고 했던 자신의 추한 모습이 떠올랐다.

급한 상황인데도 한심하게 보는 아영의 눈빛과 묘하게 그 상황을 즐기는 것 같은 표정. 궁지에 몰린 사람의 고통을 즐기는 유형의 인간인 걸까. 승규는 다른 사람이 아영을 어떻게 생각하는지 듣고 싶었다.

"아영? 성격이 좀 이상한 것 같지 않아?"

"언니요? 괜찮은 사람 같던데. 동네에서 언니가 어떤 할머니가 도와주는 거 봤어요. 그런 사람 요새 보기 어렵잖아요."

"에이, 그거 가지고 판단하기는. 그냥 자기 착해 보이려고 하는 거야. 남의 눈 의식하면서."

승규는 그 의견에 동의하지 않아 했고 아영을 칭찬하는 이야기는 더 듣고 싶지 않았다. 승규가 주문한 음식도 나와 둘은 함께 밥을 먹었다. 큼지막한 돈가스에서 아영이 입꼬리를 살짝 올리며 비웃는 모습이 보였다.

촌스럽고 찌질했던 고등학교 시절 이후에 승규는 대학교에서든, 직장에서든 항상 차갑고, 완벽한 모습을 상대에게 보여줬다. 오늘 아침의 모습은 고등학교 시절 추했던 모습이 떠올라 밥이 넘어가질 않았다. 사람들 앞에서 망신당할 뻔했던 일은 오전 업무에도 영향을 끼쳤다. 승규는 평소 같았으면 그냥 넘어갈 수 있는 일도 지나치게 예민하게 받아들여 후배에게 까칠하게 대했다.

돈가스에서 아영의 모습이 떠오르다니. 승규는 어서 빨리 칼로 돈가스를 잘랐다. 그런데도 아영의 모습이 아른거렸고 털어내기가 어려웠다. 이러면 오후 업무뿐 아니라, 이번 주 내내 업무에 집중 못하고 악영향을 끼칠 것이다. 평소와 같은 리듬을 갖추지 못하고 업무를 하다 보면 본의 아니게 실수도 하게 될 수도. 당장이라도 아영의 그림자를 지워내야만 한다.

"저기, 언니 같은데."

밥을 먹고 있던 하림은 창밖으로 시선을 고정했다. 승규는 뒤돌아 창밖으로 지나가는 아영을 확인했다. 승규는 이때가 기회다 싶어 자리에서 일어나 밖으로 나갔다. 아영의 뒷모습이 보였다.

승규는 깊이 생각하지 않고 그쪽으로 걸어가 아영의 어깨를 의도적으로 툭 치고 지나갔다. 그러자 아영은 양손에 들고 있던 커피 캐리어를 바닥에 떨어트렸고 커피는 하수구로 빨려 들어갔다. 바닥에 흘린 커피도 문제였지만 아영이 입고 있는 흰옷에 커피가 묻어 버렸다. 화가 치밀어 오른 아영은 자신을 치고 간 사람이 승규라는 것을 알고 그쪽으로 다가가 노려봤다.

"이런 식으로 복수하는 거예요? 사람 진짜 유치하네."

아영은 커피가 묻은 옷 때문에 가만히 넘어갈 수 없었다.

"기억력이 안 좋아요? 유치하게 화장실 못 가게 하려고 한 게 누군데."

승규가 의도적으로 고개를 빳빳이 들었다.

"시작한 건 그쪽이 먼저 아닌가요? 사람 기다리지 않고 버리고 갔잖아요?"

"늦은 건 당신이었어요."

"참나, 화장실 미리 안 갔다 온 건 당신이고요!"

"진짜, 성격 하고는."

승규가 미간을 찌푸리며 자리를 떠나려고 했지만, 아영은 승규의 손목을 세게 잡았다.

"커피값은 주고 가야죠."

"그럴 생각 없는데요?"

승규는 아영의 손목을 뿌리치고 거래처에서 통화가 온 것처럼 행동하며 자리를 빠져나갔다. 눈으로 욕하고 있던 아영은 어이가 없어 승규를 따라가려고 했지만, 지나가는 환경미화원이 커피를 치우고 가라고 한마디 했다. 아영은 바닥에 떨어진 얼음을 커피잔에 담고, 빈 플라스틱 용기도 캐리어에 담았다. 얄밉게 그 자리를 떠난 승규는 이미 아영의 시야에서 사라진 상태였다.

퇴근 후에 승규는 대학교 동창들과 한잔하기로 오래전부터 약속했었지만, 양해를 구하고 그 약속을 다음 주로 미뤘다. 그동안 경험상 최악의 하루를 겪은 날은 일찍 집에 가는 것이 더 최악의 불상사를 막을 수 있는 길이었다.

퇴근을 30분 앞둔 승규는 미리 자리를 정리하기 시작했다. 퇴근길도 아영이 운전을 하기 때문에 혹시 몰라 시간보다 일찍 가 있어야 할 것 같았다. 때마침, 팀장도 외근으로 먼저 퇴근한 상황이라 승규는 자리에서 일어났는데 그 근처로 다른 부서의 팀장이 왔다.

"오늘 약속 있어?"

"집에 제사가 있어서요."

승규는 애써 거짓말을 했다. 팀장과의 저녁 식사가 싫다기보다는, 이런 날은 집에 빨리 가는 게 현명했다.

"요새도 제사를 지내는구나? 시간 안 된다는 거지?"

"죄송합니다."

"금요일에 미팅 있는 건 알 거고? 그때 우리 말맞추기로 한 건 좀 생각해 봐야겠네."

팀장은 이래도 거절하겠냐는 표정을 지었고, 승규는 차마 거절할 수 없었다. 상대 팀장에게 승규네 팀은 빚진 게 있었고, 다가올 회의에서 그 부서로부터 도움을 받아야만 했다.

"제사보다도 팀장님과의 식사가 훨씬 중요하죠? 제가 아는 곳이 있는데 그쪽으로 가시겠습니까?"

재빠른 태세 전환을 한 승규는 애써 표정 관리를 하며 웃었다.

"빠릿빠릿해서 좋단 말이야."

팀장은 호탕하게 웃었지만, 승규는 긴 하루가 될 것 같은 예감이 들었다. 승규는 함께 퇴근할 수 없다고 먼저 가라며 단체방에 메시지를 남겼다.

○ ○ ○

거봐. 내가 이럴 줄 알았어. 집에서 혼자 마시고 뻗으면 될 것이지. 왜 이렇게 사람을 힘들게 만드는 거냐.

승규는 만취해 바닥에 퍼져 있는 팀장을 내려다봤다. 이런 그림이 벌어질지 이미 예상하였기 때문에 팀장과의 약속을 어떻게든 빼고 싶었는데 생각했던 일이 결국 현실로 벌어졌다. 승규는 바닥에 자빠져 버린 팀장을 툭툭 치며 깨웠지만 전혀 반응이 없었다. 어쩔 수 없이 다시 한번 팀장을 일으켜 세우려고 했지만, 혼자만의 힘으로는 역부족이었다. 매일 헬스를 하면서 근육을 키웠지만 정작 힘을 발휘해야 하는 중요한 순간에 그 힘을 발휘하지 못했다.

팀장, 아니 이 아저씨를 버리고 집에 가고 싶다. 하지만 집에 갈 수 없다. 팀장을 안전한 곳으로 옮기기 전까지는.

결국, 승규가 내린 결론은 팀장을 집까지 데려다 줄 수밖에 없었다. 팀장의 집이 어디였더라.

승규는 아무리 곱씹어 봐도 기억이 나지 않아 팀장의 양복 상의에서 지갑을 꺼내 주민등록증을 확인했다. 하필이면 팀장의 집은 경기 북부였다. 자기 집도 같은 경기도지만 경기 남부이니 끝과 끝인 거리였다 이렇게 넋 놓고 있을 시간이 없다. 핸드폰으로 택시를 불러도 오지 않았다. 분주히 움직이며 근처에 보이는 택시를 잡으려고 했지만 이미 예약된

택시라 탑승할 수 없었다.

유난히 길게 느껴지는 하루. 승규의 체력은 지칠 대로 지쳤고 피곤해서 얼굴은 흘러내리기 직전이었다. 퀘퀘! 팀장은 설상가상으로 이번에는 바닥에 토를 했고, 구토물이 승규의 와이셔츠에 살짝 묻었다. 승규는 원망스러운 눈빛으로 팀장을 바라보며, 자신도 모르게 주먹을 말아 쥐었다.

빵, 빵! 또다시 빵, 빵! 차의 경적이 울렸다. 승규는 예민해져 있었다. 가뜩이나 기분이 좋지 않은데 소리 때문에 심기가 거슬려 차를 쳐다봤다. 흰색 차가 어딘가 익숙해 보이는데 운전자가 창문을 내렸다.

"다 봤어요. 상사한테 한 대 치려고 한 거."

차를 끌고 온 사람은 아영이었다.

"왜 여기에…."

승규는 두 눈을 의심하며 아영이 맞는지 다시 확인하고 있었다.

"기다려서 따지려고요, 왜 나한테 그랬는지."

"그냥 가요. 말할 힘도 없으니까."

승규는 자신을 기다리고 있던 아영이 참 독하다고 생각했다. 그리고 이 상황을 개운하게 생각하고 있는 아영이 괘씸했다. 차에서 지켜보던 아영은 내려서 승규 쪽으로 다가

왔다.

"도와줄게요. 같이 태워요."

승규는 헛것을 들었나 싶었다. 자신을 놀리려고 온 게 아니고, 한편으로 걱정되어서 온 걸까. 평소 누군가에게 도움을 받는 것, 특히나 아영에게 도움을 받고 싶지 않았지만 지금 상황에서는 받아야만 했다. 승규는 얼떨결에 아영과 함께 팀장을 뒷자리에 태웠다. 승규가 고맙다고 말하기도 전에, 아영은 말없이 운전석으로 갔다. 도움을 받는 것이 익숙하지 않은 승규가 옆에서 운전하는 아영을 봤다.

"지난번엔 내가 미안했어요. 어느 순간부터 사과를 안 하는 게 습관이 된 것 같아요. 잘못하지도 않았는데 사과 한 번 했다가 모든 걸 책임진 적이 있었거든요."

승규는 괜히 말했다 싶었다. 아영이 아무런 반응도 보이지 않았기 때문이다.

운전하는 아영은 생각해 보니 자신도 승규와 비슷한 경험이 있었다. 회사 안에서 부서와 부서의 힘겨루기 싸움에서 사과 한 번 했다가 모든 것을 책임진 적이 있었다. 승규의 이야기는 결코 남의 이야기 같지 않았고 마치 자신의 이야기인 것 같았다.

생활반경

다음 날, 운전은 인우의 몫이었다. 인우는 굉장히 숙련된 드라이버라고 착각한 듯, 왼손가락으로만 운전했다. 조수석에 앉은 세나는 그러한 운전 자세가 영 마음에 들지 않아 한 대 쥐어박고 싶은 표정을 쥐었다. 그걸 아는지 모르는지 인우는 아예 핸들에 손가락도 대지 않았고 왼손에는 빵을 들고 오른손으로는 커피를 마셨다.

"야! 끼어든다고!"

옆에서 갑자기 끼어드려고 하는 차를 발견한 세나가 외쳤지만, 인우는 전혀 당황하지 않은 듯 속도를 줄였다. 세나는 기가 차서 쏘아봤다.

"제발 운전 좀 똑바로 해. 너 때문에 진짜 수명이 몇 년씩 단축되는 것 같단 말이야."

"호들갑 떨지 마시고요. 앞으로 운전하다 보면 이보다 더 위험한 상황이 많을 텐데 뭘 그렇게 긴장해요? 자꾸 그렇게 예민하게 받아들이니까 얼굴이 삭는 거야."

"이게, 진짜. 아오. 저 주둥아리를 어떻게 좀…"

세나가 혀를 끌끌 찼다.

"별거 아닌 거 가지고 호들갑 떨지 마세요. 역시 내가 운전하니까 안정감이라는 게 생기지 않아요? 차를 거칠게 몰지 말고, 차와 내가 혼연일체가 되었다는 마음으로 부드럽게 운전해야 하는데 다들 그게 부족해."

이후에도 인우는 운전하면서 계속 혼잣말을 했다. 인우는 누군가 호응해 주길 바랐지만, 사람들은 관심이 없었다.

"말 나온 김에, 다들 제 운전 실력 어때요? 전혀 초보 같지 않죠?"

인우는 여전히 대답을 기다렸지만, 차에 탑승한 그 어떤 누구도 반응이 없었다. 인우는 지금 자신의 문제점을 알고 있었다. 운전만 하면 불안하고 한 순간이라도 말하지 않으면 손에서 땀이 나고 팔이 저렸다.

"말 나온 김에 제가 우리 멤버들 운전평가 좀 해볼게요. 우선 승규 형! 형은 다 좋은데 방어운전이 너무 지나치고 쓸데없이 양보를 많이 해요. 세나 누나는 운전이 너무 거칠어. 핸들도 확확 틀고, 크렉션도 너무 자주 울리고. 그러다가 싸움 나는 거야. 하림이는 듣고 있지? 넌 운전도 존재감이 없냐? 못하는 것 같지도 않고, 잘하는 것 같지도 않고."

역시나 인우의 예상대로 하림은 가만히 있었다. 인우는 한 사람 남아 있다는 것을 알고 있었다.

"아영 누나는 솔직히 주행은 진짜 나만큼 잘해. 그건 인정. 차가 속력을 낼 때 세게 달려주고 속도 줄일 테는 줄여주고. 차량 흐름을 원활하게 파악하는 아주 좋은 습관을 지니고 있어. 하지만, 치명적인 문제를 가지고 있는 거 알지? 그건 본인도 잘 알 거야. 뭐가 아주 심각한 문제인지를."

인우는 전방을 주시하며 운전하다가 속도를 줄였다. 길 가에 빈 곳이 눈에 들어왔다. 그 공간 앞과 뒤로 차량도 있었다. 그쪽에 인우는 차를 세웠다.

"주차를 못 하는 자는 사실 운전하면 안 되는 거야."

"뭐해?"

갑자기 지적당한 아영은 왜 저러나 싶었다. 인우가 안전벨트를 풀며 뒤에 있는 아영을 쳐다봤다.

"평행주차 못하지?"

"잘하거든?"

"지나친 긍정은 항상 반대인 법이지. 내려봐요, 연습시켜 줄 테니까."

인우가 비상등을 키고 내리려고 손짓했다.

"무시해도 정도껏 해…."

아영은 애써 표정 관리를 하며 대답했지만, 인우는 자신의 고집을 굽힐 생각이 없었고 자꾸만 주차하는 요령에 대해 지루하게 설명했다. 아영이 참지 못하고 한소리를 하려고 하는 것을 포착한 승규가 끼어들었다.

"주차 잘해. 내가 봤어."

"에이, 주차는 단기간에 안 늘어요. 주차 못 하는 사람들이 왜 못하냐면 공간에 대한 감각이 없어서 그런 거예요."

"지금 보니깐 설마 네가 주차를 못 하는 건 아니지? 그래서 우리한테 좀 배우고 싶은 건 아니고?"

승규는 말하고 나서 에이, 아닐 거야, 라며 인우의 자존심을 건드렸다. 인우는 풀었던 안전벨트를 다시 착용하고 비상등도 껐다.

"최근에 들은 이야기 중에 제일 웃겼습니다, 형도 유머를 구사할 줄 아는구나! 크하하, 갑시다."

인우는 자신의 의도가 들킨 것 같아 억지로 호탕한 척 웃으며 다시 운전했다. 차 안의 공기도 바꿀 겸 라디오를 틀었다. 여전히 인우는 손가락만으로 운전했다. 본인은 괜찮을지 몰라도 지켜보는 사람은 불안불안했다. 아영은 지적하고 싶었지만 말을 걸면 피곤해질 것 같아 참았다.

신호등에 빨간불이 들어와 차는 멈췄다. 이 와중에도 인우는 쉬지 않고 주차를 잘하는 요령에 대해 지겹도록 설명했다. 다른 사람이 운전할 때도 멍하니 있지 말고 자신이 운전자가 된 것처럼 생각해라. 공간이 보이면 어떻게 주차할지 머릿속으로 시뮬레이션을 돌려보라는 지루한 말뿐이었다. 인우는 건널목을 지나가는 어떤 여성을 본 이후에야 설명을 멈췄다.

"와, 딱 내 스타일인데…."

인우의 시선은 계속해서 그 여성을 향해 있었다. 건널목을 건넌 여성은 곧 인우의 시야에서 사라지기 직전이었다.

"뭔가 슬프지 않아요? 외적으로 마음에 드는 사람인데 가만히 있으면 영원히 못 보게 되는 거잖아요. 하지만, 움직이면 새로운 인연이 될 수도 있는 거고."

인우는 혼잣말하더니 신호등이 파란불로 바뀌자, 우측으로 차선을 바꿨다. 뒤에서 지켜보던 아영은 막 나가는 인우를 보며 탄식했고, 하림은 말없이 짜증 섞인 표정을 지었다. 어떤 사명감에 사로잡힌 인우는 그 여성을 따라가고 있는데 앞차가 느릿느릿 움직였다. 인우는 차선을 바꾸고 앞차를 추월하려고 했지만, 그 차는 오히려 속력을 내 두 차량은 부딪힐 뻔했다. 서로가 할 말이 있는지 각 차량은 멈췄다.

"운전 진짜 누구처럼 하네. 왜 빨리빨리 안 가는 거야? 그동안 성질 죽이며 살아왔는데, 오늘은 진짜 뚜껑 열리게 만드네. 새로운 인연을 만날 기회를 방해하는 이 자식, 넌 오늘 죽었다."

인우는 거칠게 안전벨트를 풀고 옆 차량에서 누가 나오는지 지켜보고 있었다. 차에서 나오는 사람을 먼저 발견한 건 세나였다.

"애들 같은데? 나가서 혼 좀 내줘봐."

"원투 좀 치거든요. 겁만 살짝 줘볼까?"

인우가 자신 있게 차에서 내리며 고개를 까닥거렸다. 맞은편에서 껌을 잘근잘근 씹으며 어리게 생긴 남자가 건방진 표정을 지으며 걸어오고 있었다.

"뭐요?"

"어떻게 반응이 딱 예상한 그대로냐? 운전도 깨떡같이 하고, 개념도 밥 말아 먹었네."

"이 아저씨가 장난하나?"

"면상은 네가 나보다 훨씬 더 들어 보인다. 몇 살이야! 인마!"

인우가 살짝 고함을 쳤는데도 대학생은 오히려 피식 웃었다. 그 태도가 못마땅한 인우는 와이셔츠의 소매를 걷었는데 뒷문이 열리더니 누군가 내렸다. 우람한 덩치의 남자들이 우르르 차에서 나오자, 상황판단이 빠른 인우는 갑자기 운전자와 친한 척 어깨동무했다.

"아우, 왜 이렇게 내 사촌 동생 같지?"

"한판 뜨려는 분위기 아니었어요?"

"에이 뭔 소리야? 이런 사소한 걸로 가지고 고성 오가면서 싸우면 뭐가 좋겠어? 요새는 말싸움만 해도 인터넷에 다 퍼지잖아. 우리는 훈훈한 분위기로 가자. 형이 너무 거칠게 운전했지? 사과할게."

인우는 갑자기 지갑에서 현금을 꺼내더니 만 원짜리 뭉치를 건넸다. 밖에서 지켜보고 있는 아영은 어처구니가 없다는 표정을 지었다. 공돈이 생긴 상대 차량의 남자들은 차를 타고 떠났고, 인우는 떠나는 차를 보며 그제야 어깨를 폈다.

"오늘 형이 너그럽게 양보한 거다. 형한테 한 대 맞으면 항상 그 비참한 기억을 가지고 살아야 하니까. 귀여운 자식들."

본인이 말하고 나서도 인우는 무안한 듯 두리번거렸고 자신을 보고 있는 아영과 눈이 마주쳤다.

"너, 운전할 때 문제점이 뭔지 알겠지?"

아영은 더 심한 말을 하고 싶었지만 참았다. 대신에 한심하다는 눈빛은 거두지 않았다.

○ ○ ○

빌딩들이 빼곡하게 들어서 있는 숲 어딘가에 승규는 먼저 도착했다. 때마침 점심시간이라 승규 앞으로 수많은 직장인이 지나쳐 갔다. 승규는 자신과 비슷한 또래의 사람들에게 자연스레 시선이 갔고, 늘 그렇듯 습관처럼 자신과 인연이 있었던 사람들이 지나가는지 찾아봤다.

당연히 승규도 알고 있었다. 이곳에서 그 사람들을 만날 리가 없다는 것을. 그래도 분명히 좋은 관계로 지낸 사람들이 있었고 가끔씩 기억이 나곤 하는데 허무하게 연락이 끊겨 버린 것 같았다. 다시 만날 일은 없겠지만 한 번쯤은 그들의 근황을 알고 싶었다. 그 사람들도 분명히 어딘가에서 일을 하고 있겠지.

인파 속에 익숙한 인물이 이쪽으로 걸어오고 있었다. 별로 반갑지 않은 사람이지만 회사 사람이 아닌, 동네 사람을 본다는 게 이곳에서는 색다른 기분이었다. 자신 주변으로 지나가는 여자들을 홀깃 쳐다보면서 걸어오고 있는 인우였다.

"쳐다보는 거 대놓고 티 난다."

"잘생긴 사람이 보면 자기들도 좋겠죠."

인우는 자신감이 지나치게 넘쳐 있었다.

"왜 둘이서만 보자는 거야?

승규는 1시간 전에 갑작스럽게 인우의 연락을 받았다.

"형, 오늘 저한테 고마워해야 할 걸요."

"회사에서 좋은 일 있어? 그러면 다른 애들도 같이 부르지 그랬어?"

"아우, 걔네는 말도 꺼내지 마세요. 행동만 보면 왜 솔로인지 딱 보이지 않아요? 누가 좋아하겠어요? 우리 동네에 이상한 애들만 세트로 모아놓은 것도 아니고."

인우는 구시렁거리며 앞장서 걸었고, 승규는 목적지도 모른 채 그를 따라갔다.

"어디서 먹게? 간단히 먹자."

"형님, 먹는 게 중요한 게 아니에요. 요기 근처에 괜찮은 애들 모여 있는 회사 있는 거 알죠? 명함을 부지런히 뿌린 결과, 2대2로 점심 약속 잡았습니다! 다 형을 위해서."

인우가 자신을 좀 칭찬해달라는 표정을 지었지만, 승규의 반응은 미적지근했다.

"뭡니까, 그 반응은? 만나는 사람도 없다면서."

"그렇긴 한데."

그 순간, 승규는 누군가의 얼굴이 떠올랐다. 왜 그 사람의 얼굴이 지금, 이 순간에 떠오르는 건지 승규도 이해할 수 없었다.

카페 안에 남녀 2명이 마주 앉았다. 인우가 명함을 막 뿌리고 진드기처럼 연락해서 겨우 마련된 자리였다. 인우는 이날만을 기다렸는지 모든 에너지를 맞은편에 있는 여성에게 쏟고 있었고 둘의 분위기는 의외로 나빠 보이지 않았다.

승규는 커피를 들이켜며 자신을 쳐다보고 있는 맞은편의 그녀와 눈을 마주쳤다. 처음에도 승규는 느꼈지만, 맞은편의 여성은 승규가 평소 사람들에게 이상형이라고 말하던 스타일과 흡사했다. 더군다나 외적인 모습뿐만 아니라 대화에서 상대방을 배려하는 분위기가 느껴졌다.

"이번 주에 약속 있으세요?"

상대 여성의 생각지도 못한 제안에 승규는 당황스럽기도 했지만, 속으로는 기분이 좋았고, 그 모습이 티가 났는지 인우가 씩 미소를 지었다.

"역시 내 안목이 옳았어. 두 사람이 잘 어울릴 것 같아서

생활반경

제가 이 자리 마련한 거라니까요. 그러면 제가 두 분이 잘되기를 응원하면서 좋은 곳으로 예약해 놓을게요."

인우가 핸드폰으로 전화하려는 순간 익숙한 모습의 세 여성이 이쪽으로 걸어오고 있었다. 화들짝 놀란 인우는 죄를 지은 것도 아닌데 시선을 피했고 그들의 존재를 확인한 승규도 자동으로 몸이 굳었다. 이곳에서 그 사람들을 만나니 적지 않게 당황스러웠다.

"둘이 약속 있다는 게 이거였구나."

세나는 빈정거리는 말투로 여성들의 얼굴을 빠르게 훑었다.

"여자분들은 메이저리그인데, 그에 비해 남자들 상태는 마이너리그네. 좀 노는 물이 다른 것 같은데."

세나는 얄밉게 말하고 난 뒤에 빈자리 쪽으로 가서 앉았다.

"잘되길 응원할게요."

아영도 눈치가 없는 사람이 아니었다. 그녀는 승규를 보며 한마디 하고 빠르게 자리를 떠났다.

방해꾼들이 사라지자, 인우는 다시 대화를 이어 나갔다. 승규의 맞은편에 있는 여성도 다시 승규와 대화하길 원하는 모습이었다. 조금 전까지 승규도 상대에게 호감이 생기려고 했지만, 지금은 식었다. 분명히 상대 여성은 승규가 평소 주변 사람들에게 말하는 이상형의 모습과 흡사했다. 그런데 왜 끌리는 느낌이 들지 않고 더 알아보고 싶지 않은 걸까.

승규의 시선은 그 여성이 아닌 여성의 뒤편에 있는 아영에게로 향했다. 아영에게 시선을 뺏겨서는 곤란하다. 그건 지금 대화하고 있는 상대에 대한 예의가 아니다. 그런데도 승규의 시선은 상대를 쳐다보는 것이 아닌 아영의 모습을 찾고 있었다. 상대도 이미 자신에게 마음이 없다는 것을 알고 있었고 자존심 때문에 뒤를 돌아보지 않았다.

경로 이탈

퇴근길 운전도 인우의 몫이었다. 여전히 인우는 운전하면서 다양한 주제로 쉬지 않고 떠들었다. 평소보다 인우가 말이 많다는 것을 다른 사람들도 느끼고 있었다. 특히나, 조수석의 세나는 귀가 따가웠고 건수 잡았다는 표정으로 인우를 쳐다보고 있었다.

"불안한 사람이 말이 많다는 건, 틀린 말이 아니었어. 안 그래?"

"누가요? 전, 아닙니다."

"너, 생초보잖아! 혼자 무서워서 운전 못 하니까 우리하고 같이 다니려는 거였지?"

"저기요, 누님. 당신 이야기하지 마시고요. 전, 그냥 감각을 유지하고 동네 사람들에게 봉사도 할 겸, 같이 움직이는 거랍니다. 다들 3달 치 돈 냈죠? 저도 냈지만, 쿨하게 1달만 하고 빠질 겁니다."

인우는 빠르게 상황을 회피하려 했고, 세나는 코웃음을 쳤다.

"과연 그럴까? 3분 동안 말없이 운전해 봐. 넌, 못할걸?"

그게 뭐가 어렵냐는 표정을 인우가 지었다. 잠깐 차 안에 고요한 정적이 흘렀다. 말을 하지 않고 있던 인우는 목이 잠기는 듯한 느낌이 들어 생수를 들이켰다. 어떻게든 주어진 시간 동안 참아 내겠다고 다짐했다.

인우가 사람들과 함께 움직이려고 했던 이유는 혼자 운전하는 것에 대해 두려움이 자리 잡고 있었기 때문이다. 과거의 기억이 떠오를 것 같아 부산스럽게 선글라스를 보관하는 오버헤드 콘솔, 작은 수납공간이 있는 도어트림, 각종 잡동사니를 보관하는 콘솔 박스를 뒤지며 껌이나 사탕을 찾아봤지만, 어디에도 없었다.

이미 기억은 다시 나버렸다. 회사에 입사하고 나서 인우는 혼자서 외근을 나간 적이 있었다. 초보 운전인 것에 대해 직장 상사는 불안함을 표출했으나 인우는 남들 다 하는 운전 따위는 어렵지 않다며 호기롭게 나섰다.

업체와 만나 이후에 인우는 회사로 복귀하면서 별일 없을 줄 알았는데 옆에서 거칠게 끼어드는 대형트럭과 사고가 났었다. 그 이후에 다시 운전대를 잡기까지는 사계절이 지나야 했다. 그런 악몽과도 같은 기억이 있는데 하필이면 지금도 지난번처럼 대형트럭이 옆 차선에서 끼어들려 하고 있었다.

"이런 미친 새끼가!"

인우는 말해 버렸다. 시간은 1분도 지나지 않았다. 세나는 그것 보라는 표정으로 인우를 놀렸다.

"역시나 초보 운전답네. 그냥 네 옆으로 지나가는 거야. 저 트럭은 차선을 잘 지켰어."

"아냐! 저놈이 지금 끼어들려고 했다니까 깜빡이도 없이! 내가 경험해 봐서 안다고."

인우는 답답한 듯 한숨을 길게 내뿜었고 자신이 겪었던 상황을 설명하려다가 참았다.

"다시 할게요. 진짜, 말 안 할 거야."

어린애 같은 면이 있는 인우였다. 아직도 타격이 있어 보이는 인우는 손을 떨며 운전했고 누군가 목을 조르는 것 같은 답답함이 느껴졌다.

잠깐의 침묵이 이토록 견디기 어려웠던 걸까. 하지만 이미 뱉은 말이 있어 견뎌야만 했다. 심리적인 불안으로 인해 운전이 아슬아슬했다. 입으로 떠들 수 없으면 손으로라도 뭔가를 해야 할 것 같았다. 핸드폰을 찾으려다가 문자가 와서 확인했다. 메시지를 확인한 인우의 얼굴이 순식간에 굳어 버렸다. 오늘 점심에 만났던 상대와 주말에 잡은 약속을 일이 생겨 급하게 취소한다는 내용이었다. 분명히 분위기가 좋았고 약속을 취소하지 않겠다고 말했었는데 역시나 사람은 앞과 뒤가 다르다.

그때, 뒤에 있던 차량이 인우의 차가 속도를 줄이며 운전하자 경적을 세게 울렸다. 한 번은 참는다. 인우는 비상등을 켜며 미안하다는 의사를 표현했다. 끝날 줄 알았던 경적이 다시 울렸고 여기서 끝이 아니었다. 그 차량은 인우의 차 옆으로 붙었다. 그리고 운전자는 창문을 내리더니 가래침을 조수석 쪽으로 뱉었다.

"저게 돌았나?"

세나가 인상을 쓰며 창문을 내리려고 했다.

"언니, 창문 내리지 말아요."

아영이 서둘러 말하며 옆의 차량을 다시 확인했다. 그 차량은 떠날 생각이 없어 보였다. 분노조절 장애가 심각해 보이는 운전자는 자신이 마시던 커피를 인우의 차량 쪽으로 던졌다. 상대가 전쟁을 선언했으니, 인우와 세나도 더 이상 참지 않고 차 안의 뭔가를 던지려고 했다.

"그냥 가요. 저게 저 사람 수준이에요. 질 안 좋은 사람들하고 엮이면 우리만 피곤해져요."

아영은 사소한 시비가 결국은 큰 싸움으로 번진다는 것을 알고 있어 두 사람을 극구 말렸다. 승규 또한 지금 당장은 울화통이 터질지 몰라도 대응하는 건 소중한 저녁 시간을 가치 없게 쓰는 것이라 덧붙였다. 기분은 잡쳤지만, 인우가 심호흡하며 창문을 내리려고 하는 것을 참았다.

"더러워도 참는다."

인우가 다른 길로 빠지려고 했지만, 뒤에 타고 있던 하림은 몸을 일으켜 세웠다. 인우가 살짝 뒤를 돌아봤는데 하림의 표정이 이전과는 달리 단호하게 변해 있었다.

"따라가요."

"응? 이유가 뭔데?"

인우는 의아한 표정으로 다시 하림을 쳐다보며 질문을 했다.

"따라가세요, 제가 아는 사람이니까요."

하림은 재차 단호하게 말했다. 차 안에 있던 나머지 사람들이 하림을 쳐다봤다. 이토록 단호하게 말하는 하림의 모습을 본 적이 없었다. 다른 길로 빠지려던 인우는 자신들을 위협한 차를 따라갔다.

○ ○ ○

　고속도로 휴게소 주차장에 인우가 차량을 주차했다. 목표 대상인 차와는 살짝 떨어진 위치였다. 사람들의 시선은 차에서 내려 화장실로 향하는 한 남자에게 향해 있었다. 꽤 먼 거리를 달려 쫓아왔기에 사람들은 하림에게 일제히 시선을 고정했다.

　"설명을 해봐. 도대체 누구냐고!"

　세나는 안전벨트를 풀었다. 답답한 표정을 지었다. 먼저 말하지 않고 있는 하림이 말할 때까지 계속 쳐다보겠다는 시선을 보냈다.

　"연락이 끊겨서 잠적한 남자친구인가?"

　아영은 나름 추리를 해 보았지만, 하림은 입을 열지 않았다. 답답한 건 승규도 마찬가지였고, 자꾸만 시간을 확인했다.

　"집에 가면 아무것도 못 하게 된 상황인데 설명을 해줘야지?"

　사람들은 퇴근 후라 모두 지치고 예민해져 있었다.

경로 이탈

"지명수배 10번. 저 사람이에요."

하림의 한마디에 사람들은 벙쪘다.

"뭐? 말도 안 되는 소리 하지 마."

인우는 마뜩잖게 하림을 쳐다봤다.

"얘도 제정신은 아니구나. 귀중한 시간이 날아가 버렸네."

세나가 이해할 수 없다며 빨리 떠나자고 재촉했다.

"진짜라니까요! 왜 내 말 안 믿는 거야. 보라고요!"

상황이 자기 뜻대로 돌아가지 않고, 사람들이 의심하자 하림은 핸드폰을 꺼내 지명수배범의 전단 사진을 보여줬다. 사람들이 집중하면 하림은 사진 속 10번 남자를 검지로 가리켰다. 사람들은 핸드폰 사진 속 얼굴과 방금 위협적인 행동을 취한 남자의 얼굴을 기억하며 비교해 봤다. 당연하게도 하림의 주장이 틀리리라 생각했는데 지금 그 누구도 부정하지 않았다.

"진짜 비슷해 보이네."

인우가 우선 반응했고 다른 사람들이 대답하지 않고 있는 건 동의한다는 뜻이기도 했다.

"한 번 본 사람의 얼굴을 반드시 기억한다고요."

하림은 의심을 거두라는 표정을 지으며, 자신들의 시야에서 점점 사라져가는 남자를 가리켰다.

"현상금이 5억이네. 세금도 떼는 거겠지?"

이미 세나는 지명수배범을 잡고 난 이후를 생각하고 있었다.

"이런, 뗀다고 하는데요."

인우가 핸드폰을 확인하며 답했다.

줄곧 하림의 의견에 반신반의했던 승규가 말없이 밖으로 나왔다. 하림은 다른 사람들에게 여기서 대기하라며 자신이 직접 나섰다.

밖으로 나온 두 사람은 남자의 모습을 확인하며 그쪽으로 걸었다. 항상 말이 없고 얼굴에 어두움이 가득했던 하림의 얼굴이 이전과는 확실히 달랐다. 어떠한 책임감이라도 있는지 하림의 얼굴에서는 그동안에 볼 수 없었던 생기가 돌았다.

승규가 평소 지켜본 하림의 성격상 이런 일에 절대로 휘말리고 싶어 하지 않는 성향일 줄 알았다. 그런데 지금 이렇게 적극적으로 나서는 것은 매우 놀라웠다. 역시나 사람을 겉으로 혹은 성격유형 검사로만 판단하는 건 부적절할지도 모른다는 생각이 들었다.

"빨리 가야 해요. 우리가 놓치는 순간, 저 사람은 또 다른 범죄를 저지를지 모르니까요."

정의감이 넘쳐 보이는 하림이 재촉했다. 한 번 마음 먹으면 그 추진력이 끝까지 발동하는 성격이었던 걸까. 이미 하림은 먼저 뛰었고, 승규도 뒤를 따라갔다. 거리가 있었지만 두 사람의 시야 속에 아직 남자가 보였고 그는 화장실로 들어갔다. 승규는 옳다구나 싶었다. 남자가 휴게소를 휘젓고 다니다 보면 자칫 그를 놓칠 수도 있었다. 하지만 고립된 공간인 화장실로 들어간 이상 그런 우려는 지워도 된다.

잠시 남자가 화장실에서 나오길 기다리는 사이, 승규는 경찰에 전화해 알리는 것이 좋을 것 같다고 생각해 핸드폰으로 112를 입력한 뒤 통화버튼을 누르려고 했다. 지켜보던 하림은 핸드폰의 측면 버튼을 눌러 통화를 못하게 했다.

"지금 전화해서 설명할 시간이 없어요. 벌써 10분이 넘었는데 안 나오고 있는 게 이상하지 않나요? 빨리 화장실로 들어가 보세요. 제가 갈 수도 없고."

시간이 꽤 흘렀다는 것을 승규도 알고 있었다. 하림이 답답해하는 부분 역시도. 경찰에 전화하겠다는 판단은 보류한 채 승규는 얼른 남자 화장실로 들어갔다.

화장실 세면대와 소변기 근처에 남자는 없었다. 칸막이 안에 남자가 들어가 있으면 여러 사람과 힘을 합쳐 잡으면 될 것으로 생각했지만, 칸막이는 모두 비어 있었다. 마음 한구석에 스멀스멀 불안감이 올라왔다.

뭔가 이상한 느낌이 들어 승규는 화장실 안을 뛰어다녀 본 결과, 뒷문이 있다는 것을 알아차렸다. 급하게 화장실을 나온 승규가 이와 같은 사실을 하림에게 알렸다. 하림은 정문으로 남자가 나오는 것을 못 봤고, 급히 아영에게 전화를 걸어 확인해보니 남자는 아직 차로 돌아오지 않았다.

하림과 승규는 즉시 화장실 뒷문 쪽으로 넘어가 집중해서 남자의 모습을 찾았다. 자신들이 남자를 놓쳐 그놈이 또 다른 범죄를 저질러 사람을 해치면 평생 죄책감에 사로잡힐 것 같았다. 일터에서 누적된 피로는 이미 잊은 지 오래였다. 어서 빨리 남자를 찾아야만 했다.

평소 운동을 꾸준히 했던 승규는 약간 지쳐서 뛰는 것을 멈추고 숨을 거칠게 몰아쉬었다. 남들한테 보여 주는 용도인 상체운동만 죽어라 하다 보니 심폐기능은 초등학교 시절보다도 떨어져 있었다. 꼴이 말이 아니다. 어느 자리에서든 사람들을 만나면 운동한다고 말했었는데 이제는 그 말을 입 밖으로 쉽게 못 꺼낼 것 같았다.

같이 지칠 줄 알았던 하림은 그렇지 않았다. 평소에 운동을 전혀 하지 않는다고 말했던 하림은 뛰는 것을 멈추지 않

경로 이탈

왔고, 마음먹은 건 반드시 해내야겠다는 표정을 짓고 있었다. 기왕 여기까지 왔으니, 승규도 뛰려고 했지만, 다리가 무겁고 발목도 아팠다.

회사에서 본 선배와 하림의 모습이 비슷했다. 그 선배는 조용했고 남들처럼 자신이 해온 업무를 과시해서 말하는 일도 없었다. 상사들은 있는 듯 없는 듯한 선배를 탐탁지 않아 했다. 어느 날, 회사에서 일이 터진 적이 있었다. 입김이 세거나 비위를 잘 맞추던 사람들은 위기의 순간에는 오히려 회피하는 경향이 있었다. 위기 속에서 솔선수범해 뒤처리하며 빨리 일을 수습하던 건 조용히 지내던 그 선배였다.

하림이 손짓을 하며 승규를 불렀다. 지금은 하림이 시키는 대로, 그녀가 생각하는 대로 움직이는 게 맞을지도 모른다. 승규가 그쪽으로 뛰어갔다. 두 사람은 드디어 서 있는 남자를 찾았다. 그 남자는 이미 이 방식으로 움직이려고 했던 듯, 다른 차량의 조수석에 탑승하고 있었다. 마음이 급한 하림이 연락을 하기 전, 차량이 도착했다.

"빨리 타! 따라가자고!"

인우가 손짓했고 주변을 의식해 작은 목소리로 말했다.

"운전 괜찮겠어?"

승규는 이제껏 보아온 인우의 운전 실력에 신뢰가 좀처럼 가지 않았다. 그래서 자신이 운전하려고 했지만, 인우가 그건 어렵다며 손사래를 쳤다.

"되갚아 줘야죠. 저 범죄자 자식한테."

두 사람이 차량에 탑승하자마자, 인우는 가속페달을 세게 밟고 떠난 차를 추격했다. 혼자 운전을 하면 그 어떤 초보자보다도 운전실력이 서툴지만, 반대로 여러 사람이 있으면 인우는 운전에 자신이 있었고 본인이 주도적으로 떠들 수 있는 상황이라면 더더욱 그러했다. 인우는 능숙하게 다른 차를 추월했다. 어느새 따라가야 할 차의 근처까지 다 왔다.

"다른 차로 움직이고 있다는 건, 일행이 있다는 거잖아?"

세나는 남자의 존재를 알고 있었으므로 겁에 질린 표정을 하고 있었다.

"흉기를 소지하고 있을 수도 있겠네요."

비슷한 생각을 하고 있던 아영도 긴장했다.

흥분해서 차를 따라가던 인우도 속도를 줄이기 시작했다. 한 놈이 아니고 두 놈이구나. 어쩌면 뒤에 더 많은 인원이 타고 있을지도 모르는 일이었다. 지명수배범을 잡는 것은 둘째 치고, 오히려 저 사람들한테 역공당할 수도 있을 것이라는 불안감이 엄습했다.

"경찰에 전화하자. 차량번호를 알려 주면 알아서 할 거야.

이 정도만 해도 우리 역할은 끝까지 다 한 거야."

시간이 아까워서가 아니었다. 아무리 생각해도 현실적으로 이렇게 대처하는 것이 옳은 판단인 것 같았다. 승규는 핸드폰을 꺼내 들었다. 하림은 전화하려는 것을 막았고 주변을 둘러보며 침만 삼키고 의지가 없어 보이는 사람들을 한심하게 바라봤다.

"다들 집요함이 없네요. 뭐든지 적당히 하자는 주의 진짜 짜증 나요. 회사에서도 주인 의식 없이 일하죠? 난 보여주기식 일하는 그런 사람들 지긋지긋해. 다들 내리세요. 나 혼자서 따라갈 테니까."

이러한 하림의 공격적이고 적극적인 모습에 다른 사람들은 한 발짝 뒤로 물러나는 분위기였다.

"얘가 겁이 없네. 넌 안 무서워?"

세나는 자기주장 없이 얌전하다고만 생각했던 하림의 의외인 모습에 당혹스러웠다. 도대체 이 친구는 왜 이렇게 적극적인 걸까. 이토록 의협심이 넘치는 사람을 본 적이 없었다. 상대는 범죄자들이다. 대담해도 너무 대담하다. 대담함과 무모함은 한 끗 차이인데.

"회사 사람들보다는 안 무서워요."

하림의 그 한마디에 반대의견을 내보이던 사람들이 조용

해졌다. 업종과 관계없이 각자의 회사에서 자신들을 괴롭혔거나 아직도 괴롭히고 있는 직장 상사의 얼굴을 떠올리고 있는 것 같았다.

달리던 차는 갈림길에 들어섰다. 따라가야 할 차는 우측으로 빠졌다. 인우는 속력을 줄이며 우측으로 갈지, 아니면 좌측으로 갈지 고민했다. 여기서부터는 시키는 대로 하려고 했는데 아무도 말이 없었다.

"빨리요. 어떻게 해요?"

"1시간 안에 잡고 집에 돌아가면 4시간 정도는 잘 수 있겠네."

더 이상 승규도 반대 의사를 표시하지 않았다. 차를 따라가라고 손짓했다.

"일 끝나면, 집 가지 말고 바로 회사 근처로 가야겠죠?"

아영도 이제는 수배범을 잡겠다는 의사를 내비쳤다.

"아냐, 난 무슨 일 있어도 팩하고 집 가서 꼭 자야 해. 1시간이 아니고 30분 안에 해결해. 밟아, 밟으라고!"

세나도 자신의 의견을 보탰다. 인우가 운전에 집중하며 차를 따라갔다. 모두가 여기까지 온 이상, 끝장을 볼 생각인 것 같았고 처음으로 마음이 하나로 모여지는 순간이기도 했다.

차는 고속도로 톨게이트를 빠져나왔다. 그 뒤로 인우와 일행이 탄 차는 간격을 유지하며 상대가 눈치를 채지 못하도록 조심히 움직였다. 운전대를 잡은 인우는 이 급박한 상황인데도 여전히 입을 멈추질 않고 있었다.

"저 머저리들 아직 눈치 못 채고 있죠? 그게 다 제가 운전을 잘하고 있기 때문이 아닐까요? 아까는 그냥 봐주면서 운전하는 거였어요. 아무튼 진짜 운전 끝내주게 잘하네. 내가 운전 안 했으면 아마 놓쳤을 거야. 저 인간들 딱 운전하는 게 카 레이스더구먼."

"아우, 시끄러워. 조용히 좀 해라. 목 안 아프니?"

세나가 인상을 쓰며 못마땅한 눈길을 보냈다. 안돼, 인상 쓰면 안 돼. 얼굴 망가져. 세나는 혼잣말하며 거울을 꺼내 화장을 지웠고 곧이어 가방에서 마스크팩을 꺼내 얼굴에 붙였다.

정해진 시간대로 움직여야 하는 승규도 시간을 확인하더니 저녁에 꼭 챙겨 먹었어야 할 에너지바를 가방에서 꺼내 뒤늦게 먹었다.

아영은 집에 귀가하지 않아 걱정하는 부모님에게 문자로 연락했다. 친구들과 한잔하고 있다고 둘러대고 있는데 하림을 슬쩍 봤다. 온전히 이 상황에 집중하고 있는 하림의 집중력과 끈질김은 가히 놀라웠고 보기보다 강철 체력의 소유자 같았다.

　추격하고 있는 차량이 편의점 앞에 도착해 인우는 근처에 차를 세웠다. 건장한 체격의 남성 둘이 차에서 내렸다. 차 안에 있던 승규는 경찰에게 전화해 설명하다가 목소리가 다소 높아졌다.

　"20분이나 걸린다고요? 그러면 못 잡을 것 같은데. 난감하네요. 더 빨리 올 수 없나요? 거리 때문에 그렇다고요? 알겠습니다. 기다려야겠네요."

　전화를 끊은 승규의 낙심한 표정을 보아하니 모두가 어떤 상황인지 알 것 같았다. 다들 고민하고 있을 때, 하림은 이 상황을 주도하겠다고 나섰다.

　"이렇게 해요. 아영 언니는 저랑 같이 들어가요. 우리가 안에서 지켜보다가 저놈들이 계산하려고 할 때 문자로 알려 주면 차에서 나와요. 그때 셋이서 그 나쁜 놈을 먼저 덮치면 우리도 합세할게요. 5대2, 그리고 편의점 알바까지 하면 6대2의 싸움이에요. 우리가 충분히 이기고도 남아요."

　"경찰을 기다리는 게 낫지 않을까? 만약에 시간 안에 경찰이 못 오면, 우리가 다시 따라가서 장소를 알려 주면 될 것 같은데."

　승규는 안전이 최우선이었지만 하림은 전혀 동의하지 않

았다.

"그러면 망해요. 다시 쫓아가면, 쟤들도 바보가 아닌 이상 자기네들을 따라온다는 걸 알고 있을 거예요. 지금도 아마 약간 의심하고 있을지도 모르고요."

어떻게든 안전을 지키고 싶은 승규의 의견을 무시하고, 하림이 자진해서 차에서 내렸다. 전체적으로 봤을 때 하림의 의견이 옳은 것 같아 아영도 반박하지 않고 따라나섰다.

자신감을 찾아볼 수 없었던 하림의 180도 달라진 모습이 아영은 낯설었다. 짧은 시간이었지만 그동안 하림과 나눈 대화를 돌이켜봤을 때 불의를 보고도 못 본 척 눈감을 줄 알았는데 발 벗고 나선다는 게 의외였다.

보통 사람은 이런 상황에서 나서기 힘들었다. 아영도 여기까지 왔음에도 여전히 못 본 척 돌아가고 싶었다. 모두가 외면할 수 있는 상황인데도 하림은 기어이 나섰다. 자신감이 충만한 하림이 그동안 사람들에게 말하지 않은 뭔가가 있다는 것으로 해석할 수 있었다. 하림은 자신의 이야기를 거의 하지 않았다. 운동을 한다는 이야기도 못 들었다. 그러면 과거에 어떤 운동을 배웠다고 봐야 하는 걸까. 혹시 이전에 권투나 주짓수를 배웠던 적이 있는 게 아닐까.

"2인조 형사 같지 않아요?"

하림의 목소리는 떨지 않았고 걸음도 당찼다.

"솔직히 걱정이 많이 돼. 무섭기도 하고."

아영의 추측은 거의 막바지에 접어들었다. 분명 하림은 운동을 배운 적이 있었고 아마도 경찰을 준비했던 건 아닐까.

"걱정하지 마세요. 제가 다 할게요. 옆에만 있으세요."

하림은 누구처럼 가짜로 자신감에 넘치는 게 아니었다. 표정은 감출 수 있을지 몰라도 행동에서 티가 나기 마련이지만 전혀 그런 모습을 보이지 않았다. 말과 행동이 일치하는 것을 보아하니 아영은 전적으로 하림을 믿기로 결심했다.

오랜 고민 없이 두 사람은 편의점 안으로 들어갔다. 하림은 과자 코너로 가서 자연스럽게 물건을 고르는 척 먼저 편의점 안에 있는 남자 둘을 흘깃 쳐다봤다. 한 명은 라면을 흡입했고, 다른 한 명은 핫바를 빠르게 먹고 있었다. 굉장히 급해 보이는 두 사람은 허겁지겁 음식을 먹고 있어 곧 자리를 떠날 것 같은 분위기였다.

다른 쪽에서 음료수를 꺼내는 척 행동하던 아영은 핸드폰을 꺼내 하림이 보여준 전단 사진과 라면을 먹고 있는 남자를 비교해 봤다. 아영은 무언가 할 말이 생겨 하림을 찾았지만, 그 얘기를 할 틈도 없이 하림은 남자들 쪽으로 걸어가고 있었다.

경로 이탈

남자들의 다음 움직임도 파악할 겸 하림은 남자들을 지나쳐 카운터 앞에 걸음을 멈췄다. 하림은 이번에 새로 출시된 맥주가 어디 있는지 물었다. 창고에서 일하던 직원이 밖으로 나와 맥주 진열대로 하림을 안내했다. 하림은 이동하면서 라면을 먹고 있는 남자를 살폈고 아영도 어느새 하림 옆으로 다가왔다. 아영이 질문을 하기 전, 표정을 감지한 하림이 의도적으로 크게 말했다.

"언니! 나 이번에 완전 좋은 일 생겼다."

"어?"

이 대화는 예정된 대화가 아니어서 아영은 당황스러웠다. 저 사람들이 굳이 우리를 주목하게 할 필요가 없을 텐데. 왜 네가 알려 준 대로 움직이지 않고 이러는 거야. 어째서 크게 말하는 거냐고.

"동전으로 긁는 즉석 복권 알지? 나 그거 당첨됐다!"

"그…. 그러니…."

아영은 이게 무슨 말인가 싶어 절레절레 얼굴을 흔들며 큰 소리로 말하지 말라는 눈빛을 보냈다. 하림은 그 눈빛을 가볍게 무시했다. 한쪽에서 웅성거리는 소리가 나자, 라면을 먹고 있던 남자가 멈추고 이쪽 대화에 관심을 보이는 것 같았다.

"당첨금이 5억이래!"

하림은 의도적으로 크게 말했다. 도대체 왜 이렇게 행동하는지 이해가 가지 않는 아영은 인상을 썼다. 라면을 먹던 사람은 이제는 대놓고 하림과 아영 쪽을 쳐다봤다. 하림이 5억이라고 말한 건 명백히 의도한 것이었다. 5억은 현상금 액수와 같았다.

5억이라는 이야기 때문인지 라면을 먹던 남자는 젓가락을 내려놓았다. 그걸 본 하림은 손에 쥐고 있는 핸드폰으로 차 안에 있는 일행에게 문자를 보냈다. 편의점 직원이 제품을 찾는 사이, 하림은 곁눈질로 남자들을 살폈다. 그들은 정곡을 찔린 듯 음식을 다 먹지 않고 자리에서 일어나 떠날 채비를 했다.

하림은 진열대에 몸을 숨기며 조심스럽게 남자들 쪽으로 소리 나지 않게 걸었다. 문 앞에 선 남자들은 두리번거리며 주변에 아무도 없는 것을 확인한 다음에 문을 열고 나왔다.

그 순간, 출입문 옆에서 몸을 숨기고 있던 인우와 세나가 먼저 나온 남자를 덮쳤다. 나머지 한 명은 승규의 몫이었는데 그 남자가 눈치를 채 자신을 방어하기 위해 손을 올렸다. 여기까지 모두 하림이 그리던 그림이었고, 편의점에서 나온 하림은 뒤에서 남자를 덮치려고 하는데 눈치챈 남자가 뒤돌

경로 이탈

아 하림과 승규를 번갈아 봤다.

"당신들 뭐야? 괴한이야?"

남자가 앞뒤를 경계하며 자신이 왜 공격당했는지 도저히 이유를 모르는 것 같았다. 이미 동료는 세나와 인우에게 제압된 상태였다.

"지명수배범 10번 한동식! 넌, 오늘 끝났어."

하림은 마치 형사가 된 것처럼 단호하게 말했다.

"도대체 무슨 소리를 하는 겁니까?"

남자는 눈이 동그래졌다. 머리를 굴려봐도 현재 상황이 이해되지 않았다.

"역시, 예상했던 반응! 어디서 발뺌하고 그러시나, 범죄자 한동식? 사기, 살인, 시체 은닉까지 한 놈이! 너 같은 놈은 거리에서 숨만 쉬는 것도 사람들한테 피해야! 그동안 잘도 숨었지만 이제 끝이야."

하림은 자기 손으로 반드시 악의 무리를 처단하겠다며 남자를 노려봤다. 남자는 어떤 오해가 있는 것 같다고 설명했지만, 하림은 말을 잘랐다. 더 이상 말이 통하지 않을 것 같아 남자가 바지 주머니에 손을 넣었다.

지켜보던 사람들은 그 남자가 본색을 드러내 곧 흉기를 꺼낼 것으로 생각해 바짝 긴장했다. 상대가 흉기를 꺼내면 우세해 보이는 이 판세는 순식간에 뒤집힌다. 이러한 상황을 예상했던 하림은 바지 주머니에 손을 넣어 물건을 꺼냈다. 그건, 야구공이었다.

남자도 하림의 다음 행동이 짐작됐다. 급해 보이는 남자가 주머니에서 뭔가를 꺼내려고 할 때, 하림은 남자의 얼굴을 향해 야구공을 힘차게 던졌다. 과거에 사귄 남자친구와 한강에서 캐치볼을 하며 많은 시간을 보냈다. 그러니 제구력 따위는 문제 될 게 없었다.

빠르게 날아가는 공은 남자의 이마에 정통으로 맞았고, 남자는 그 자리에서 쓰러졌다. 상황이 종료된 후에 역시나 경찰차가 한발 늦게 도착했다. 긴장이 풀린 다른 사람들은 일제히 하림에게 다가가 칭찬하며 각자 현상금을 나눠 가질 생각에 들떠 있었다. 다만 아영은 이 상황에 의문이 남아 하림을 쳐다봤다.

"헤헤, 너무 재밌어."

하림은 이 상황을 즐기고 있는 것 같았다.

○ ○ ○

차량용 시계는 새벽 2시 30분을 가리켰다. 돌아오는 차 안의 공기는 싸늘했다. 뒷좌석의 중앙에 앉은 하림은 잔뜩 위축되어 있었고, 조수석에 앉은 세나는 뒤돌아 하림에게 시선을 고정하며 심기 불편한 모습을 드러냈다.

"야! 말 안 하냐? 너, 진짜 뭐냐고?"

세나는 이미 했던 질문을 계속 반복했다. 하림의 답도 같았다. 침묵이다.

"언니, 그만 화내고. 하림아, 왜 그런 거야? 설명을 해줘야지?"

피곤한 모습이 역력한 아영도 화를 가라앉히고 있었다.

"전, 그냥…."

처음으로 하림이 말을 하려다가 생각이 바뀌었는지 다시 멈췄고 따가운 시선으로 자신을 보는 승규를 보고 고개를 숙였다.

"휴, 금요일이면 내일 쉬니까 이해가 가. 근데, 우리는 잠도 못 자고 출근하게 생겼어. 오늘 화요일 아니, 시간이 넘었으니 수요일이지? 누적된 피로는 업무에 분명히 지장을 줄거야. 내가 또 걱정하는 건, 잠을 자지 못하면 면역력이 떨어지거든? 그럼 감기에 걸릴 확률이 높아지겠지? 혹시라도 감기에 걸리면 어떻게 될까? 여행 가려고 겨우겨우 아껴둔 연차를 쓰게 되는 경우가 발생하겠지? 미리 알려줬다면 늦게 퇴근할 수 있어. 그런데, 오늘같이 예측하지 못한 퇴근으로 시간을 무의미하게 보낸 건 받아들이기 어려워. 왜 그런 거야?"

승규는 욕을 하고 싶은 것을 간신히 참았고 최대한 걸러서 말했다. 다시 해명할 수 있게 기회를 줬다. 슬슬 인내심이 바닥에 오는 것을 간신히 참아 내면서.

"죄송해요. 저는 그 사람이 비슷한 줄 알았어요."

하림은 기어들어 가는 목소리로 말했다. 사람들은 그 답변이 충분하지 않았고, 전혀 진정성이 느껴지지 않았다.

"이미 그 사람이 아니라는 것을 알고 있었잖아?"

편의점에 함께 있었던 아영은 그 상황이 발생하기 전부터 이상하다는 느낌을 받았다. 이제야 말한 것을 후회하는 표정이었다.

"어째서 그걸 알죠?"

"너의 모습을 보면 그 상황을 즐기고 있었거든."

아까의 경험을 통해 아영은 알고 있었다. 본심이 들켜버린 하림은 다시 침묵했다.

"얘 사이코패스 아니야?"

세나가 소스라치게 놀라며 하림을 경계하면서 봤다.

"그런 거 아니에요. 전, 그냥 회사 생활이 힘들어서…."

"회사 생활이 힘들면 다른 방식으로 풀었어야지."

승규의 인내심은 터지기 일보 직전이었고 하림이 자꾸 변명하는 것에 대해서 진절머리가 났다.

"죄송해요. 근데 회사 다니는 거, 다들 안 힘드세요?"

하림은 고개를 푹 숙인 채 말했다.

이런 일을 하림이 벌인 이유가 회사 때문인 걸까. 회사에서 어떤 일을 겪었기에 이렇게까지 한 걸까. 아영은 아까보다는 좀 화가 풀린 표정으로 하림을 봤다.

"힘들어도 그냥 다니는 거지. 네가 이런 고민을 한다는 것 자체가 오히려 축복받은 거로 생각하면 되지 않을까? 너희 회사에 들어가고 싶은 사람들도 많잖아."

"죄송해요. 아직 친해지진 얼마 안 되었지만, 저는 이런 관계 너무 편하고 좋아서 그랬던 것 같아요. 이대로 그냥 퇴근하기가 너무 아쉬웠어요. 매일 반복되는 일상에 지쳤던 것 같아요. 같이 출퇴근하다 보면 어릴 때 친했던 친구들하고 같이 놀러 가는 것 같았어요. 물론 저만 그렇게 생각하는 거였겠지만. 모두에게 폐를 끼쳐서 죄송합니다. 내일부터 저는 빠질게요. 죄송합니다."

하림은 고개를 숙여 진심을 표현하며 사과했다. 다른 사람들이 그녀의 사과를 받아들였는지 사과를 거부했는지 알 수

없었다. 차 안은 조용했고, 차는 집이 아닌 회사로 향하고 있
었다.

퇴사 결심

집에 걸린 벽시계는 오전 6시 15분을 지나고 있었다. 급하게 방문이 열렸다. 들어온 건 하림의 엄마였다. 하림은 일어날 생각이 없는지 침대와 최대한 밀착해 있었다.

"일어나야지? 준비 안 하고 뭐 하니? 언제까지 내가 너 깨워야겠어? 스스로 좀 일어나서 가야지."

살짝 늦게 일어난 하림 엄마의 다급한 목소리에도 불구하고, 하림은 침대에서 꼼짝하지 않았다.

"안 가면 알아서 잘리겠지."

"정신 나갔어? 빨리 일어나! 같이 출근하는 사람들이 기다리잖아. 너 때문에 사람들 지각하면 큰일 나잖아."

"별로야, 사람들이."

"며칠 전만 해도 사람들 괜찮다면서."

"아냐, 아냐, 이제 보니까 그 사람들 진짜 별로더라고. 하나도 손해 안 보려는 인간들이야. 남의 아픔을 공감도 못해."

"너, 내가 그럴 줄 알았다. 하여간 1달을 못 버텨요. 빨리 일어나!"

하림의 엄마가 이불을 걷어내려 했다. 하림은 이불을 잡으면서 버텼다.

"회사 옮길 거야. 수준 낮아서 못 다니겠어. 집에서도 너무 멀고."

"이번이 벌써 3번째거든? 너는 어딜 가나 똑같아, 일어나, 일어나라고!"

하림과 엄마의 실랑이가 계속됐다. 시간은 흐르고 있었다. 그때 초인종이 울렸다. 이른 새벽에 초인종이 울릴 일은 없어 두 사람은 옆집이라 생각하고 다시 실랑이를 벌였다. 다시 초인종 소리와 함께 이번엔 똑똑똑 문을 두드리는 소리가 들렸다.

아침 일찍부터 경비아저씨가 전달할 사항이 있어 찾아왔나 싶어 하림의 엄마가 한숨을 쉬며 방을 나왔다. 하림은 다시 침대에 누웠고 핸드폰을 껐다. 눈을 감고 잠을 자려고 하는데 방문이 다시 열렸다.

"아, 문 닫으라고! 회사 안 간다고."

눈을 감은 상태에서 하림은 짜증이 가득한 목소리를 내질렀다.

"일어나지?"

"안 간다고 했지? 회사도 싫고, 같이 출퇴근하는 사람들도 싫어. 다 똑같은 인간들이라고."

"그동안 착한 척했네?"

하림은 그 질문에 대답하지 않았다. 엄마의 목소리가 아닌 게 확실했다. 동생이 집에 왔나. 그건 아닐 텐데. 동생은 지금 대학교 근처에서 자취하는 중이었고 시험 기간이라 집에 올 수 없었다. 아빠는 해외 출장 중이었고, 무엇보다 남자 목소리는 아니었다.

그렇다면 도대체 누구인 걸까. 분명히 익숙한 목소리는 틀림없는데. 하림은 깜짝 놀라 눈을 뜨고 침대에서 일어났다. 하림의 눈앞에 서 있는 사람은 바로 아영이였다.

"안녕, 출근해야지?"

"여기를 어떻게…"

"우리 집하고 너희 집 5분밖에 안 걸려."

"회사 옮길 거예요. 가세요."

"알겠어. 근데, 착각하지 마. 내가 너를 뭐 끌고 갈 줄 알았어? 차 키는 내놓고 가야지."

하림은 말없이 침대에서 일어나 가방 안에서 키를 꺼내 건네줬는데 아영은 받질 않았다.

"참, 오늘 운전 너 아냐? 난 그냥 넘어갈 수 있겠지만, 다른 사람들도 지금 여기 올 수 있어. 사람들 성격 알지? 지각하면 완전히 엎어 버릴 수도 있을걸."

아영은 관심 없는 척 하림의 방을 나왔다. 몇 초 동안 고민하던 하림은 짜증을 내며 서둘러 옷을 갈아입기 시작했다.

출근길 운전은 어쩔 수 없이 하림이 맡았다. 며칠 전 일 때문인지 차 안은 적막한 기운이 흘렀다. 세수도 못한 하림은 눈곱을 떼면서 사이드미러와 백미러로 사람들의 눈치를 살폈다. 지나치게 가라앉은 분위기를 파악한 아영이 나섰다.

"회사 그만둘 건 아니지?"

"그만두려고요."

운전하는 하림은 곧바로 답변했다. 아무리 하림에 대한 감정이 좋지 않아도 회사를 그만둔다는 말에 사람들의 표정이 살짝 누그러졌다.

"어떤 점이 힘든 거야?"

"공장 쪽 사람들 컨트롤 하는 거요. 그만둘 거니까 이제 볼 일도 없어요."

"공장을 매주 간다고 했었지?"

"내일도 가긴 하는데, 이제 뭐 볼 일 없어요."

하림은 자신의 의견을 바꿀 생각이 없었다.

"너도 도망가는구나. 축하해."

두 사람의 대화를 듣고 있던 세나가 피식피식 웃었다. 그 웃음의 뜻은 세나 본인만 알고 있었다.

"도망은 아니거든요?"

"부정하지 마. 누가 봐도 도망이거든. 회사입장에서는 네가 그만두면 너무 좋을 거야. 해고도 쉽게 못하는 상황인데 일 못하고 불평불만 많은 직원 어떻게 처리해야 하나 머리가 아팠을 텐데. 앓던 이가 빠졌구나! 너희 회사 꿀이라고 들었는데 자리 하나 생겼네."

세나의 말에는 가시가 잔뜩 있었다.

"누가 와도 금방 그만둘 거예요. 저니깐 이 정도 버틴 거고요."

하림은 지지 않고 받아쳤다. 세나는 자기 말을 듣기는커녕 고집 센 하림과 또 한 번 결이 안 맞다는 것을 실감했다. 중간에 앉은 인우는 뭔가 바라는 표정으로 운전석을 봤다.

"하림아 너 우리한테 미안하잖아? 난, 다른 건 다 필요 없다. 대신 너 친구 좀 소개해 줘라. 요새 명함 뿌려도 연락이 안 와요. 힘들다, 이 오빠.”

“죄송한데 저 친구가 없어요.”

“에이, 나도 친구 없어. 그래도 한두 명은 있을 거 아냐.”

인우는 어떻게든 소개를 받고 싶은 생각뿐이 없었다.

“진짜, 한 명도 없어요. 저 학교 다닐 때 아싸였어요.”

하림은 숨길 필요도 없었고 연기할 필요도 없었다.

“하림이가 말귀를 못 알아듣네. 봐봐. 결혼식 할 거지?”

“언젠간 하겠죠.”

“결혼할 때 친구들이나 지인들한테 청첩장 돌릴 거 아니야? 내 말은 그 사람들 중에 한 명만 소개시켜 달라는 거야.”

“저는 결혼식 지인 안 부르고 가족끼리만 할 건데요.”

하림은 완강한 태도를 보였고, 인우가 답답하게 보면서 쉽게 물러나려 하지 않았다.

“최근에 연락한 사람들 보여줄 수 있어?”

하림은 핸드폰을 굳이 확인하지 않고 바로 인우에게 건넸다. 핸드폰을 확인하던 인우의 표정이 굳었고 공허한 한숨이 흘러나왔다.

“진짜였어? 인간관계 좀 가져라.”

인우는 잔뜩 실망한 표정으로 핸드폰을 돌려줬다.

“시끄럽고. 니 인생 알아서 하세요.”

세나는 관심 없는 척 한마디 했다.

지금 회사 때문에 머리 아파 죽겠는데. 위로는 못해 줄망정 말 한마디, 한마디가 짜증 나 죽겠네. 진짜 생긴 것도 재수 없어. 하림은 마음속에 있는 말을 세나에게 하고 싶었지만 간신히 참아내며 백미러로 세나가 보온병을 열고 커피를 조심스레 마시려고 하는 것을 확인했다. 기회다 싶었다. 그 순간, 하림은 의도적으로 브레이크를 밟았고 세나는 입에 댔던 커피를 상의에 흘렸다.

"야!"

열받은 세나도 눈치가 빨랐다. 의도적으로 하림이 브레이크를 밟았다는 것을 알았다. 세나가 손을 들어 하림의 뒤통수를 한 대 치려고 하는 것을 승규와 인우가 말렸다. 다시 차 안은 예전의 그 시끌벅적한 분위기로 돌아갔다.

그 어느 때보다 출근길이 쉽지 않았던 하림은 평소와 같이 자리에 앉아 업무를 보는 척 행동했다. 살짝 열어놓은 가방 안에 든 사직서에 시선이 갔다. 팀장이 출근하자 하림은 팀장의 눈치를 살폈다. 팀장은 매일매일 정신없이 바빴다. 기회를 놓치면 안 될 것 같아 하림은 사직서를 챙겨 팀장 쪽으로 갔다.

"팀장님, 드릴 말씀이 있어서요."

"하림 씨 미안. 오늘 미팅이 계속 있어서."

"중요하게 드릴 말씀인데….."

"내일 공장 가지? 모레 이야기하자고."

정신이 없어 보이는 팀장은 서류철을 챙겨 급히 자리를 떠났다. 이미 하림은 다른 회사에서 퇴사했던 경험이 있었는데 퇴사를 마음먹은 그날 당장 그만두고 싶어도, 퇴사의 시기는 여러 사정으로 인해 마음대로 할 수가 없었다.

하림은 자신의 자리로 돌아와 사직서를 가방에 넣었다. 이 회사를 다니지 않기로 결심한 건, 매주 가야 하는 공장 일정이 큰 부분을 차지했고 특히나 공장장의 존재 때문이기도 했다.

이때, 전화가 왔다. 핸드폰에 공장장이라는 이름만 떴을 뿐인데 하림은 몸이 떨리기 시작했다. 하림은 깊게 심호흡을 내쉬고 전화를 받았다.

"예, 공장장님. 안녕하세요, 해외영업부 윤하림입니다."

"참 문제란 말이야. 하여간 해외영업 새끼들은 현장 상황도 모르고 급하게 물건 생산하라고 하면 어떻게 하라는 거야?"

"일정은 이미 몇 달 전에 공유드린 것으로 알고 있습니다."

"됐어, 우리 안 해."

"그렇게 되면 정말 큰일 나요."

"내일 와서 설명해. 그리고 말이야, 협의를 구하려면 성의 좀 보여. 주둥아리로만 떠들지 말고. 하여간, 해외영업 새끼들은 입으로만 나불나불거리고 일 편하게 하려고 한단 말이야. 현장 상황은 쥐뿔도 모르는 것들이."

공장장은 자기 할 말만 하고 통화를 끊어 버렸다. 한두 번이면 넘어갈 텐데 공장장과의 통화는 늘 이런 식으로 끝이 나 이제는 더 이상 듣고 싶지 않았다.

하림은 크게 잘못한 일이 없는데도 항상 혼이 났다. 분명 일정에 대해서 몇 달 전에 정중하게 설명했었고, 그때 당시 공장장도 생산에 문제가 없다고 했었다. 그런데 지금 공장장은 전혀 기억나지 않는다고 했다. 이런 사람의 특징은 기억하는데도 기억이 안 나는 척 행동하는 것이었다. 일부러 경험 적은 직원들을 자기 입맛대로 길들이기 위해서.

그동안 공장장으로부터 이런 길들이기를 많이 당한 하림은 소리를 내지르고 싶은 것을 간신히 참았다. 직장인이 되고 나서 자신이 가지고 있는 그 특유의 색깔을 잃은 것 같았다. 모든 직장인이 자신의 진짜 모습을 숨기며 일하고 있겠지만, 하림은 평생 이렇게 할 자신이 없었다. 예의 없이 행동하겠다는 게 아니었다. 나답지 못하다는 것, 내가 아닌 사람으로 행동하는 것, 이제는 힘이 들었다. 회사 안에서 매사에 항상 굽히고 들어가는 자세와 화법을 구사하는 그 모습이 싫었다.

점심시간에 하림은 혼자서 회사 주변을 걸었고 누가 보더라도 우울한 분위기를 풍겼다. 하림은 스쳐 지나가는 직장인들의 얼굴을 살폈다. 자신을 제외하고, 모두가 화기애애하게 웃고 있었다. 정말로 회사 생활이 만족스러워서 웃는 걸까. 아니야, 그럴 리 없다. 힘들어도 웃는 척 연기하는 것이다. 그들은 왜 잘해 내고 있는 거지. 남들 다 하는데 왜 나는 이런 걸까. 하림은 좀처럼 표정 관리를 하기가 어려웠다.

혼자서 걷다 보니 하림은 어느새 역 앞에 도착했고 눈앞에 계단이 보였다. 여러 번 생각을 해봤는데도 도저히 내일 공장에는 갈 수 없을 것 같았다. 이미 애초에 답을 내렸을 지도 모르고, 답에 대한 변명을 찾고 있던 것일지도 모른다.

공장장 얼굴만 봐도 구역질이 나올 것 같았다. 퇴사를 결정한다고 해도 인수인계 때문에 그 기간은 약 1달 정도 걸린다. 퇴사하겠다고 소문이 나면 격려해 주는 사람도 있겠지만 퇴사를 경험해 본 입장에서 대부분 사람은 떠날 사람이니 차갑게 대했다. 1달 동안 눈치를 보면서 회사에 다닐 뻔뻔함은 갖추지 못했다.

너무 보기가 싫다. 이대로 잠수를 타고, 아예 소리소문없이 사라지고 싶다. 퇴사를 하는 건 내 자유이고, 절차 따위는 필요 없는 것 아닌가. 내 기분이 더 이상 이 회사를 다닐 여력이 안 되는데. 사람들은 내가 도망간다고 생각하지만, 그건 도망가는 게 아니다. 좀 더 나은 회사를 가기 위해 잠시 후퇴하는 것이다.

"집에 가는 거니?"

하림은 회사 동료인 것 같아 깜짝 놀라 뒤돌아봤다. 이곳까지 뛰어왔는지 숨을 고르는 아영이었다.

"여기는 왜…."

"찾아다녔지. 갈 거야?"

"이 회사는 아닌 것 같아요."

"회사에 말 안 하고, 잠수타려고?"

그 질문을 받은 하림은 한참을 생각하다가 오히려 질문했다.

"어떻게 알았어요? 혹시 언니도 잠수탄 적 있어요?"

아영은 고개를 끄덕였다.

"그래, 내가 경험자거든. 처음에는 되게 홀가분할 줄 알았거든. 근데 시간이 지나면 지날수록 되게 찜찜하고 회사 다

넜을 때보다 더 불안해져."

한참을 고민한 끝에 하림은 결심한 표정을 지었다.

"그건 언니 경험이잖아요. 저는 그냥 가는 게 더 속 편할 것 같아요."

그렇게 말하고 나서 하림은 계단을 빠르게 내려갔다. 아영은 그런 하림의 뒷모습을 보면서 자신의 예전 모습이 겹쳐 하림의 이름을 부르려다가 멈췄다.

이런 비슷한 경험이 있다고 해서 자세한 속사정도 모른 채 남의 인생에 함부로 조언해서는 안 될 것 같았다. 아영은 다시 회사 쪽으로 발걸음을 옮겼다. 회사를 이직하는 건 개인의 자유다. 하지만, 기본적인 절차를 무시하고 퇴사하는 직장인은 추후에 꽤나 고생할 텐데. 아영은 뒤에서 누군가 자신을 바짝 쫓아오는 느낌이 들어 뒤를 돌아봤다. 어두운 얼굴을 하고있는 하림이었다.

"언니, 말이 맞는 것 같아요. 그래도 회사는 그만둘 거예요."

다시 돌아온 하림은 회사 쪽으로 걸어갔다. 아영은 어깨를 살짝 두드려줬다.

회사 동료들과의 가벼운 내기에서 진 아영은 커피를 사기 위해 카페를 향해 걸었다. 꽤 열심히 일하고 정신없는 하루를 보냈는데 아직도 시간은 오후 3시였다. 직장에서 가장 시간이 더디게 가는 시간대가 바로 이 시간이었다. 카페에 도착한 아영을 기다리고 있는 사람은 바로 승규였다.

"갑자기 연락해서 미안해요. 급히 물어볼 게 있어서."

아영은 별다른 상황설명 없이 나와준 승규에게 감사함을 표했고 둘은 카페 안으로 들어갔다. 아영은 빠르게 계산하고 커피가 나오기를 기다렸다.

"내일 연차라고 했었죠? 어디 가요?"

며칠 전에 아영은 승규에게 들었던 내용을 기억하며 물었다.

"남들한테 피해주는 애 때문에 운동을 제대로 못했거든요. 내일 운동하고, 단백질도 보충하면서 좀 쉬려고요."

승규는 자신의 개인 시간을 날려버린 하림을 우회적으로 언급하며 여전히 불편한 기색을 드러냈다. 또 한편으로 아영이 왜 자신의 일정을 묻는지 알고 싶어하는 눈치였다.

"그렇게 시간 보내는 것도 나쁘지는 않겠지만 특별한 건 없는 거네요?"

"그렇긴 하죠. 주말에도 할 수 있는 거니까."

그러한 승규의 이야기를 듣고 나서 아영은 하고 싶은 말을 꺼내려다가 다시 고민해봤다. 남의 인생에 끼어드는 게 맞나 싶었지만 하림이 힘들어하는 모습을 지나칠 수 없었다. 결국 하림의 이야기를 꺼냈다. 상대적으로 경험이 많지 않은 하림이 직장에서 허우적거리고 있는 걸 모른 척 할 수 없다고 했다.

"공장가는 일정에 대해서 스트레스가 많은 것 같아요. 그게 퇴사하려는 결정적인 이유인 것 같기도 하고."

"안 힘든 사람이 어딨어요? 그렇게 개념 없고 막 나가는 친구가 있다는 건 회사 입장에서 시한폭탄을 가지고 있는 거나 다름없죠. 이성적으로 생각 못하고, 어떤 돌출행동을 할지 모르니까. 마음에 들지 않아요, 동네 사람이라고 해봤자 이제 좀 알았을 뿐이고."

승규는 딱 선을 그었다. 아영이 자신과 약속을 잡으려고 하는 것이 아닌, 하림의 이야기를 하니 실망감이 들었다. 이 이야기를 하려고 부른 거였구나. 하긴 아영이 자신에게 관심이 있을 리 없겠지.

"내일 하림이하고 같이 갈 생각은 없죠?"

"당연하죠. 제가 왜 같이 가요, 거기를."

쑥 들어오는 질문에 승규는 다소 이해가 안 간다는 표정을 지었고 주문한 커피가 나왔다.

"저는 내일 연차 쓰고 하림이랑 같이 가보려고요. 혼자 가는 걸 두려워하니까 말동무도 해줄 겸."

아영은 말하고 나서 승규의 반응을 살폈다. 왜 그렇게까지 해야 하는지 모르겠다는 승규의 표정을 읽어 더 말하지 않고 카페를 나왔다.

회사가 같은 방향이라 둘은 함께 걸었다. 승규는 말이 없었고, 아영은 실수를 했나 싶었다. 개인적인 시간을 굉장히 중요하게 여기는 승규에게 무리한 부탁을 해서 그의 기분을 상하게 한 것은 아닐까.

"연차 확실히 쓰는 거죠?"

조금 생각을 가다듬은 승규였다.

"저는 쓰려고요."

"저도 갈게요, 아영 씨만 확실히 간다면."

승규와 아영은 걸음을 멈춘 채 서로를 쳐다봤고, 아영은 살짝 미소를 지으며 고개를 끄덕였다.

○ ○ ○

새벽에 집을 나온 하림은 구시렁거리며 역을 향해 걸었다. 지방 출장이 힘든 건 회사에서 차량을 지원해주지 않아 매번 버스와 택시를 타고 이동해야 하기 때문이다. 하림은 다시 걸으면서 공장에 가지 않고 다른 곳을 배회하다가 집으로 돌아갈까, 라고 갈등하기 시작했다. 하림의 앞을 막은 차가 있었다. 운전석에서 아영이 내렸고, 조수석에서는 내리는 사람은 승규였다.

"둘이 사귀는 거였어요?"

하림은 새벽잠이 깬 표정을 지었다. 아영은 손을 저으며 강하게 부인하는 행동을 취했지만, 승규는 내심 기분이 좋았다.

"둘 다 너랑 같이 가려고 연차 냈어. 그러니까 운전은 네가 해야 할 것 같은데?"

아영은 차 키를 하림에게 건네고 뒤에 탔다. 하림의 시선은 서 있는 승규에게 향했다.

"너 때문에 가는 거 아니야. 오해하지 말고."

승규는 질문하기 전에 먼저 말했고, 하림은 굳이 말하지 않아도 알고 있다는 표정을 지었다.

"제가 언니한테는 잘 말해줄게요."

승규는 이미 화가 풀린 표정을 지었다.

운전하는 하림은 평소와 확실히 달랐다. 사실 이 중에서 가장 운전을 안정적으로 하는 사람은 하림이었다. 오늘만큼은 하림의 운전이 불안했다. 고속도로를 달리는 하림의 차는 앞차와 지나치게 가까이 붙어서 달려 탑승자들의 가슴을 덜컥 내려앉게 했으며, 어떤 다른 생각에 몰두하고 있는 건지 속력을 내지 않고 운전할 때도 있었다.

차량 흐름이 망가지자 뒤에 차들이 경적을 올렸다. 하림은 아차 싶어 가속페달을 세게 밟아 달렸다. 걱정이 앞서 주변 시야가 극히 좁아진 하림은 제한최고속도 120km 표시판을 못 보고 더 빠른 속력으로 달려 버렸다. 이미 벌어진 일이었지만 속도위반으로 범칙금을 먹었다는 사실이 믿겨지지 않았다. 하림은 정신이 반쯤 나간 상태로 운전을 이어갔다. 네비에서 우회전하라는 안내음이 흘러나왔다. 하림은 여전히 자책을 하고 있어 그만 직진을 해버렸고 아직도 인식을 못 하고 있었다.

더 이상 참을 수 없던 뒷좌석에 앉은 승규가 길을 잘못 들었다고 말하려고 했는데 옆에 앉은 아영이 승규의 어깨를 툭툭 쳤다. 그런데도 승규가 눈치 없이 말하려고 하는 것을 아영이 손으로 입을 막았다. 순간, 승규가 아영을 쳐다보고 다시 말을 하려고 하자 아영은 두 손으로 막았다. 잠시 후, 승규가 알겠다고 손짓했으며 아영도 손을 뗀 다음 조용히 있으라고 문자를 보냈다. 길을 잘못 들어선 것에 대해 화들짝 놀란 하림은 그동안 회사에서 어떤 일이 있었는지 자신의 이야기를 꺼냈다.

○ ○ ○

지난 5개월 동안 하림은 무려 2번이나 회사를 그만뒀었고, 지금 회사가 3번째 회사였다. 1달간 적응기를 마친 하림은 부서가 상당히 마음에 들었다. 사람들이 좋아서라기보다는, 위에 사람들이 출장으로 인해 자리를 많이 비웠기 때문이다. 그렇다고 해서 하림은 월급도둑이 될 생각은 없었다. 화장품 업계에 몸담은 이유와 해외 영업을 직무로 선택한 건, 최대한 많은 경험을 쌓고 싶어서였다. 그 후 계획도 확실했다. 회사에서 최대한 경험을 쌓은 뒤 자신만의 사업을 하는 것이다.

그리고 하림에게 빠른 시간에 기회가 찾아왔다. 해외 출장을 가기로 했던 선배가 갑작스럽게 몸이 아파 휴직 신청서를 냈고, 유명 전시회 참석은 하림의 몫이었다. 팀장은 생산, 마케팅 등 다른 부서에서 해외 영업은 출장만 가고 성과를 못 내고 있다며 이번 전시회에서 회사를 최대한 알려야 한다는 막중한 업무를 하림에게 넘겼다.

팀장이 허약하니 고생하는 건 팀원들이었다. 다른 부서들과의 힘겨루기에서 아무것도 챙기지 못했고, 오히려 당하기만 했다. 하림은 꽤 부담되었지만, 팀에서 자신에게 거는 기대가 크다는 것에 대해 한편으로는 도전정신이 생겼다.

이곳에 입사하기 전 다녔던 2개의 회사에서 하림이 퇴사를 결심한 건, 아무리 신입이었지만 회사의 업무가 따분했고 그 안에서는 주도적인 역할을 할 수 없을 것 같다고 빠르게 판단했기 때문이다. 윗사람들은 지나치게 오래 버텼다. 때가 되면 물러날 줄도 알아야 하지만 지나치게 오랫동안 그 자리를 지켰다. 그러다 보니 사소한 것 하나하나도 그들이 결정을 해버렸다. 하림은 시키는 일보다는 스스로 찾아서 일을 하고 싶었다.

스스로 더 성장하기 위해 하림은 철저한 준비를 한 상태에서 해외 전시회에 참석했다. 그곳에서 여러 바이어를 만나 명함을 주고받았다. 이 정도쯤 하면 자신의 역할을 다 했다고 생각하는 사람들이 대다수일 것이다. 하림은 그렇게 하려다가 여기에 오기 전 조언을 해줬던 선배의 이야기가 마음 한구석에 남아 있었다.

그 선배는 명함을 주고받는 것으로 끝나서는 곤란하다고 말했었다. 바이어들은 앞에선 제품에 관해 관심을 보이며 구매하겠다고 말하지만 그렇게 말하는 건 그들이 습관적으로 내뱉는 말이며 진심이 아니라고 했다.

전시회를 벗어나는 순간 바이어들은 기억 못한다. 수백 개의 업체와 명함을 주고받았기 때문이다. 그러니까 바이어들에게 각인될 수 있는 뭔가를 하라는 선배의 말이 아른거렸다. 자신은 그렇게 하지 못했다면서.

전시회 일정이 빠듯해 피곤해 죽겠는데 그렇게까지 할 필요가 있을까. 몸이 피곤하니 생각이 게을러져 갔지만 자신을 무시했던 타 부서의 얼굴이 떠올랐다. 또 대놓고 무시하는 그 시선이 이제는 지긋지긋했다.

전시회 이후에 업체에 연락하겠다는 생각을 바꾼 하림은 집요하게 몇몇 바이어에게 연락을 취했다. 생각보다 반응이 미적지근했고 몇몇은 아예 회신을 주지도 않았다. 하긴 그들도 피곤할 텐데 갑작스럽게 결정하는 건 어려운 일이지. 자신과 팀은 간절해도 상대는 그렇지 않을 수 있었다.

더 연락하면 상대에게 반감을 살 수도 있을 것 같아 여기서 물러나야겠다고 생각한 전시회 마지막 날 유럽의 바이어로부터 연락을 받았다. 하림은 담당자와 호텔에서 만나 다시 제품을 소개했고, 결정권이 있었던 바이어는 그 자리에서 계약에 동의했다.

바이어는 당장 물건이 필요하다며 50% 선입금을 하는 통

137   퇴사 결심

큰 모습을 보였다. 팀장은 전화로 하림에게 잘했다며 칭찬했고 생산 쪽에서도 문제없다는 답변을 받았으니 걱정하지 말라고 했다. 하림은 이제야 회사에 도움이 된 것 같아 뿌듯했다.

귀국 후 하림은 공장장으로부터 연락을 받아 급히 공장으로 향했다. 공장에서도 환영받겠다고 생각한 건 큰 착각이었다. 공장장은 따로 미팅실로 부르더니 하림을 노려보고 있었다.

"너 뭐 하자는 거야?"

"예? 무슨 말씀인지…."

하림은 지금 이 분위기가 적응하기 어려웠고 왜 공장장이 성난 표정을 짓고 있는지도 이해하기 어려웠다.

"절차를 싹 다 무시하고 독단적으로 결정을 해?"

"저희 팀장님께 보고를 드렸고 진행해도 된다고…."

그 말은 이어지지 않았다. 말이 끝나기도 전에 공장장은 손에 들고 있는 커피잔을 바닥에 집어 던졌다.

"누가 위야? 너네야 우리야?"

"그건…"

"생산 없이 너네는 아무것도 못 해. 일정 빠듯한 거 알았지? 근데 그따위로 무모하게 진행해?"

어렵게 계약을 따왔고, 미리 일정을 알려줬는데도 공장장이 화를 내는 것을 이번만큼은 받아들이기 어려웠다.

"전화로 분명히 말씀드렸습니다."

억울한 하림은 핸드폰 통화 내용도 보여주려 했다.

"어디서 감히! 지금 내가 거짓말을 한다는 거야?"

공장장은 핸드폰을 뺏어 바닥에 던졌다. 급기야 주변 물건도 집어 던지며 폭주하는 모습을 보였다. 침체기에 빠져 있는 회사의 돌파구를 마련하기 위해 서로 의지하고 힘을 합쳐야 하는 시기인데 언제까지 내부에서 서로 집안싸움을 해야 하는 걸까.

폭주했으면 잠잠해져야 하는데 공장장에게 자신을 폭주하게 만든 하림은 좋은 구실이었나 보다. 공장장은 물건을 던지는 행위를 멈추지 않았고 폭언도 시작했다. 하림은 회사를 위해 열심히 일을 한 것뿐인데 회사 내부에서 발목이 잡힌 것 같았다.

회사 짬밥을 많이 먹은 만큼 스트레스가 심해 간혹 폭주할 수 있다고 치자. 그런데, 공장장은 매번 방문할 때마다 물건을 집어 던지고 폭언을 퍼부었다. 공장장은 회사에서 그 어떤 누구도 제어할 수 없는 막강한 힘을 가지고 있었다. 이러한 일을 겪고 나니 하림은 매일 밤 공장장의 얼굴이 생각나는 트라우마가 생겨 버렸다.

하림은 이야기를 다 한 뒤 전속력으로 달려 휴게소에 도착했다. 갑자기 속이 메슥거리고 구역질이 올라올 것 같아 밖으로 나와 화장실을 향해 뛰어갔다. 잠시 후 화장실에서 돌아오는 하림의 얼굴은 노랗게 질려 있었고 아영은 그런 하림을 안타깝게 바라봤다.

"저렇게 정신상태가 나약해서야."

승규가 보는 시선은 아영과 엇갈려 있었다.

"아무래도 옆에 있어 줘야 할 것 같아요."

아영은 걷는 것도 힘들어 보이는 하림 쪽으로 가서 괜찮은지 다정한 모습으로 챙겼다.

세상에 안 힘든 직장인이 어디 있어. 모두가 힘들어도 내색하지 않고 버티는 건데. 승규는 여전히 하림의 약한 정신력을 꼬집고 싶었지만, 아영을 보고 참았다. 운전석에 승규가 앉았다. 하림을 위해서 운전할 생각은 없었다. 승규가 자진해서 운전하는 건 오직 아영을 위해서였다.

누군가 시간을 가지고 장난치는 걸까. 가고 싶은 곳은 항상 시간이 걸리지만, 가고 싶지 않은 곳은 평소보다도 더 빠르게 도착한다. 공장이 마치 악인들만 모여 있는 성처럼 보였다. 하림은 느릿느릿 공장 쪽으로 걸어갔다. 공장에 매주 오지만 갈 때마다 항상 겁이 났고 오늘은 또 어떤 봉변을 당할지 걱정스러웠다.

그래도 이전보다는 한결 부담감이 덜했다. 늘 혼자서 공장에 왔었지만, 오늘은 아영이 옆에서 함께 걷고 있었기 때문이다. 하림은 자신을 위해 이렇게 나서는 아영을 미안하게 봤다. 공장 안으로 당연히 외부 사람이 들어올 수 없었지만, 하림은 어차피 회사를 그만둘 예정이라 회사의 방침 따위는 어겨도 상관없었다.

사실 공장 옆에는 미팅실이 있었고 외부 사람도 그곳까지는 출입할 수 있었다. 그곳에 들어온 하림과 아영은 공장장이 오기를 기다렸다. 하림은 불안한지 자리에 앉지 못하고 주변을 계속 왔다 갔다가 하는 산만한 모습을 보였다. 한숨 역시도 끊임없이 이어졌다. 물도 마셔보고, 사탕도 먹어봤으나 초조함은 없어지지 않았다. 그러다 퍼뜩 뭔가 생각난 하림은 가방에서 긴장을 완화해 주는 약을 꺼내 먹었다. 매번 이렇게 하며 버텼다고 생각하니 아영은 안쓰럽게 보면서 꼭 하고 싶은 말이 있었다. 그게 주제넘은 말일지도 모르지만.

"오늘만큼은 회사 밖과, 회사 안의 모습을 나눌 필요가 있을까? 나는 그냥 네가 한 번쯤 진짜 너의 모습을 보여주면 좋겠어."

하림은 그 이야기가 들리지 않는 것 같았다. 공장장이 곧 올 것을 알고 있는지 대답하지 않고 의자에 앉아 잠시 눈을 감았다.

그때 문이 열렸다. 하림은 두 눈을 번쩍 뜨고 자리에서 일어났다. 안으로 들어온 공장장은 매의 눈으로 하림의 가방 외에 다른 것이 있는지 살피고 나서 실망스러운 표정을 짓더니 처음 보는 아영을 경계심 가득하게 봤다.

"누구신가, 이분은?"

"안녕하세요. 인턴 손아영입니다."

"인턴? 그 부서에서는 배울 게 없을 텐데."

"선배님이 워낙 잘 챙겨주셔서요."

아영은 즉흥적으로 내뱉었다.

"무슨 되먹지 않은 소리를 하네 인턴씨가. 그건 그렇고, 왜 내 말을 자꾸 안 듣는 거지? 생산일정 빠듯하다고 했지?"

공장장은 더 이상 아영에게는 볼일 없다는 표정을 지으며 하림을 향해 심기 불편한 모습을 노골적으로 드러냈다.

"지난번에도 계속 말씀드렸고, 팀장님께서도 직접 전화를 드린 것으로 알고 있습니다. 해외 바이어가 계속 재촉하고 있어서 더 이상 일정이 밀리면 소송을 당할 수도 있습니다."

"야! 이것들이 우리한테 책임 전가를 씌우려고 해? 이게 보자 보자 하니까. 인턴 앞에서 개무시 당해볼래?"

공장장은 그 설명이 거슬렸고 감히 자신 앞에서 그런 식으로 말하는 것에 대해 용납할 수 없다는 분위기를 조성했다. 계속 아영은 지켜봤다. 모든 공장장이 이렇지는 않다. 이 회사의 공장장이 좀 이상한 놈일 뿐이다.

완벽히 분위기를 제압했다고 느낀 공장장은 더욱 짜증을 냈고 하림은 어떠한 말도 하지 않았다. 공장장은 매번 방문할 때마다 성의를 표시하지 않아서 짜증이 나 있는 것 같았다. 공포스러운 분위기에 욕설이 들리니 하림은 가슴이 두근거렸고 뒷걸음질을 치려고 했다. 그 모습을 본 아영은 옆에 있는 하림의 발을 살짝 밟았다.

"지난번에 그건 어떻게 된 거야?"

공장장은 이번에는 다른 건으로 트집을 잡으려 했다.

"기억하실지 모르겠지만 그것도 말씀을 제가 드렸습니다."

하림은 수첩에 적은 내용을 공장장에게 보여주려고 했지만, 그러한 행동에 공장장은 더 뚜껑이 열렸는지 수첩을 뺏어 갈기갈기 찢어 버렸다.

"이게 장난하나?"

이어서 공장장의 폭언이 따발총처럼 발사됐고 혼자서 흥분해 씩씩거리는 모습을 보였다. 하림은 잔뜩 움츠려 있었고, 손에 들고 있던 핸드폰이 떨어졌다. 공장장의 시선이 자연스럽게 핸드폰으로 향했는데 화면에 녹음 화면이 떠 있었다.

"잘못 눌린 거예요."

당황한 하림이 부인했고 실제로도 그랬다. 녹음은 되지 않았고 화면만 떠 있을 뿐이다.

"너 정신 나갔구나. 감히 나하고 대화했던 걸 녹음해?"

공장장은 하림의 핸드폰을 잽싸게 쥐어 잡고 노려봤다.

"진짜 아닙니다. 오해하고 계신 거예요. 손에 들고 있다가 긴장해서 잘못 눌린 겁니다. 정말이에요."

하림은 그 어느 때보다 강력하게 부인했다.

"녹음을 왜 하냐고! 왜!"

공장장의 언성은 높아져서 내려올 줄 몰랐다.

"아니에요, 정말 아닙니다."

"인사과에 고발하려고 했지? 이게 감히! 신입 주제에 아주 못된 짓만 배워가지고."

공장장은 손에 들고 있는 핸드폰을 하림의 얼굴에 던지려고 했다. 하림은 피할 수도 있겠지만, 피하지 않으려고 했다.

피하지 않아야 이 상황이 끝난다는 것을 알고 있는 것 같았고, 폭행당해 회사를 그만둔 것이라는 변명거리도 만들 수 있을 것 같았다. 하림은 몸을 떨고 있었고 곧 혼절할 수 있을 정도로 위험해 보였다.

아영은 그런 하림의 모습이 안타깝게 느껴졌고 전혀 낯설지 않게 보였다. 하림을 통해 몇 년 전 자신의 모습을 볼 수 있었다. 특별히 잘못한 것도 없었는데 상사에게 혼이 났고 흥분한 상사는 핸드폰을 던졌다. 아영은 눈썹 위를 만졌다. 던진 핸드폰이 스쳐 지나간 흉터가 남아 있었다. 당시에 아영은 억울한 일을 당해 인사팀에 말하려고 했지만, 선배들이 회사생활을 오래 하고 싶으면 없던 일로 하라고 해서 그냥 넘겼다. 그리고 아영에게 돌아온 건, 회사 내에서 아영이 싸가지가 없다는 소문이었다. 잘못된 소문은 정정되지 않았고, 결국 아영은 말없이 회사를 그만둘 수밖에 없었다.

핸드폰은 하림 쪽으로 날아오고 있었다. 하림은 눈을 감았다. 이 행동으로 공장장의 화가 가라앉혀진다면, 하림은 자신이 맞아도 괜찮을 것 같았다. 지금 당장은 아프겠지만 상처는 나중에 아물 수 있을 것 같았다.

날아오는 핸드폰을 잡은 건 바로 아영이었다. 아영의 경험상 상처는 아물지 않았다. 오히려 상처는 다른 곳으로 번져

퇴사 결심

평생 지워지지 않는 상처로 남아 버렸다. 핸드폰에 맞을 줄 알았던 하림은 눈을 떠 아영을 봤다. 공장장은 기가 찬다는 얼굴로 아영을 봤다.

"인턴? 지금 뭐 하는 거지?"

공장장은 잔뜩 노려보았지만 아영은 그쪽을 쳐다볼 가치조차 못 느꼈다. 아영은 무슨 말을 하려다가 자기 생각을 하림에게 주입하고 싶지 않았다. 하림의 인생은 하림이 스스로 정하는 것이기도 하니까. 공장장의 못마땅한 시선을 무시한 채, 아영은 미팅실을 나갔다. 단단히 화가 난 공장장이 따라 나가려고 했다.

여기서 어떠한 행동도 하지 않으면 이러한 악습은 계속 반복될지도 모른다. 그동안 신입사원의 전형적인 모습을 따랐다. 그게 회사 생활을 오래 할 수 있는 비결이라고 들었으니까. 하지만 지금 회사가 무너져 내려가고 있는 건 윗사람들이 아닌, 아랫사람들도 파악할 수 있었다. 잘못된 방향의 시작이 이곳인 것도 모두가 알고 있을 것이다. 다만, 미친개라고 불리는 공장장과 엮이기 싫어서 모두 그냥 넘어가는 것이다. 결단한 표정의 하림이 문 앞에서 버텼다.

"그동안 제가 겪었던 일, 어떤 식으로든 회사 사람들이 모두가 알 수 있도록 할 겁니다."

하림은 상대의 시선을 피하지 않았다.

"지금 나하고 해보자는 거야?"

"저는 잘못된 부분을 정당한 방법으로 알리려는 겁니다."

"너, 내가 그만두게 만든다. 이게 진짜 어디서 감히 나한테 대들어? 내가 한 번 보여줘? 너, 당장 옷 벗게 해줄게."

공장장은 겁주는 말을 했지만, 하림은 당당했다. 기 싸움에서 더 이상 져주고 들어갈 생각은 없었다. 막상 행동하고 나니 하림은 쭈뼛대지도 않았고 그토록 커 보인 공장장이 오히려 작게 보였다.

"알아서 하세요. 전, 회사가 실적을 낼 수 있는데도 중간에서 훼방을 놓는 사람. 그 사람이 문제인 것을 알릴 겁니다."

"이게 약을 먹었나? 갑자기 개겨?"

"아뇨, 전 원래 밖에서 이랬던 사람이었어요. 할 말 다 하는 사람이었거든요. 여기 오면서 제 색깔을 잃었던 거고요. 이제는 원래의 제 모습대로 할 거예요. 어차피 대단하신 공장장님이 그만두게 할 거잖아요."

"뭐라고?"

판세가 바뀌었다는 것을 공장장은 알았다. 이런 신입 나부랭이한테 밀리고 있다는 사실이 공장장은 도저히 믿겨지지 않았다. 하림의 대응 방식이 달라진 이유는 바로 그 버르

장머리 없는 인턴 때문이었다. 당장 이 자리로 다시 오게 만들어 직장 내 괴롭힘의 정수를 보여줘야겠다고 마음먹었다. 그렇다면, 우선 앞에 버티고 있는 하림을 손봐줘야 한다.

결국, 공장장의 거친 손이 올라가 하림의 뺨을 한 대 치려고 하는 순간에 다급하게 문이 열렸다. 공장 직원은 뭔가를 들어 놀랐는지 딸꾹질을 참아가며 30분 후에 사장님이 온다고 급히 알렸다.

"뭐? 사장님이 갑자기 왜?"

공장장 역시도 이 상황을 전혀 예상하지 못한 듯 인상을 써 주름이 얼굴에 박혀 있었다.

"사장님께서 하림 씨를 찾고 있는 것 같습니다."

"너…. 너…. 너 투서 메일이라도 쓴 거야?"

공장장의 쏘아붙이는 시선에 하림은 아무 말도 하지 않았고 자신 또한 영문을 모르는 표정을 지었다.

"그런 것 같지는 않고요. 해외 손님이 한국에 다른 일로 와 있는데 사장님하고 호텔에서 만나 같이 온다고 합니다. 업계 큰손이라 사장님께서 준비를 철저히 하라고 말씀하셨습니다."

"아씨! 미치겠네, 진짜!"

화가 난 공장장은 손으로 하림의 뺨을 때리지 않으면 참을 수 없어 다시 손을 올리려고 하는 것을 직원이 막았다.

"시간이 없습니다. 진짜 중요한 손님이라고 해서 사장님께서 특별히 당부하셨습니다."

공장장은 혼잣말로 욕설하며 그 자리를 떠났다.

그곳에 남은 하림은 공장장이 손찌검하려 해도 전혀 무섭지 않았다. 이제 보니까 행동과 말만 거칠 뿐 속은 그 어떤 사람보다도 연약하고 나약한 존재일지 모른다. 이제 공장장이 어떤 사람인지 알았고 더 이상 그의 존재가 회사 생활에 걸림돌이 될 리도 없었다. 몸속에서 자신을 괴롭히던 거대한 벌레를 찾아 마침내 소멸시킨 것 같았다.

모든 일이 끝난 후, 하림은 홀가분한 마음으로 운전했다. 뒤에는 아영과 승규가 탑승해 있었다. 하림이 만약 이곳에 혼자 왔으면 또다시 절망적인 하루를 보냈을 것이다. 혼자의 힘으로는 절대 할 수 없었다. 뒤에 탄 사람들 때문에 무사히 하루를 버틸 수 있었고 그들이 자신을 살린 것이나 다름없었다.

회사생활을 버티는 건 어쩌면 가족과 월급이 아닌, 한 번도 대화해 본 적은 없지만 출퇴근길에 스쳐 지나가는 익숙한 얼굴들 때문이 아닐까. 그리고 자신은 함께 출퇴근하는 사람들 때문에 버틸 수 있는 것 같았다.

"토요일 저녁 7시 호텔 식당에 2명 예약했어요."

"왜 갑자기?"

책을 읽던 아영은 뜬금없다는 표정을 지었다.

"오늘 고마워서요. 두 분이 식사하세요."

"아냐, 그럴 필요 없어. 빨리 취소해."

이제야 감을 잡은 아영은 그럴 필요 없다면서 재차 취소하라고 말했다.

"한번 예약하면 취소 안 된다고 해서요."

그건 사실이 아니었지만, 하림은 못을 박았다. 지금 마음 같아서 두 사람에게 더 많은 것을 해주고 싶었다.

책을 다시 보면서 아영은 그러려고 온 게 아닌데, 라고, 말하며 취소하라고 재차 말했지만, 돌아오는 하림의 답변은 같았다. 승규는 오늘 연차를 내고 이곳에 오길 잘한 것 같았다. 창밖으로 지나가는 풍경 속에 아영과 자신이 함께 있는 모습을 떠올렸다.

회사를 팔려는 자

금요일 퇴근길, 인우는 기분이 상당히 좋은지 휘파람을 불었고 자꾸 혼자 히죽거렸다. 주말을 앞두고 있어서가 아닌, 다른 이유가 있는 것 같았다. 조수석에 앉아 있는 세나가 가장 먼저 눈치를 챘다.

"무슨 일인데?"

"하하, 드디어 내일 소개팅 3탕 뜁니다! 12시, 3시, 6시!"

"그거 때문이었냐?"

세나가 괜히 물어보았다는 표정을 지었다.

"양적으로도 그렇지만, 질적으로도 훌륭한 분들이 나온다고 합니다. 열심히 내가 하루하루 일하고 사람들한테 잘하니까 이런 보답이 찾아오는 거 아닙니까."

"큰 기대는, 큰 실망뿐일 텐데."

"이 누나는 매사 부정적이야. 요새 소개팅 못 해서 매우 부럽나 보네?"

"왜 너 같은 사람을 소개해 준 건지 도저히 이해가 안 가."

"에이, 저 정도면 훌륭하죠. 클래스가 있잖아요."

잔뜩 신이 난 인우는 핸드폰을 꺼내 내일 소개팅을 할 상대의 사진을 옆에 앉은 세나에게 내밀었다.

"얘 뭐니? 보정 너무 심하네, 완전 사기야."

사진을 넘기던 세나가 얼굴을 찡그렸다.

"역시나. 항상 남이 잘되는 꼴을 못 보고 시샘한단 말이야. 성격이 저러니깐 남친이 없는 거였구나."

"그래? 다시 한 번 말해 볼래?"

"외모가 뛰어난 사람에 대해서 항상 부정적으로 말하고, 성형했다고 하고, 사진 보정했다고 하고…."

듣고 있던 세나는 창문을 열어 인우의 핸드폰을 밖으로 던지려고 했다.

"아니 그러면 진짜 안 돼."

"다시 말해 볼래?"

"맞아요, 보정 너무 심해요. 됐죠?"

"진심이 안 담겨 있어."

"보정으로 떡칠한 사기꾼들."

세나는 계속 약 올려 주려고 했는데 손에 들고 있던 핸드폰의 진동음이 울렸다. 화면에 부장님이라고 떠서 창문을 닫고 핸드폰을 인우에게 넘겼다. 핸드폰이 망가져 소개팅 상대와 연락이 두절될까봐 노심초사했던 인우는 불안했던 가슴을 쓸어내리며 문자를 확인했다. 인우는 자기도 모르게 탄식했고, 표정은 굳어져 있었다.

"부장 아저씨! 정신 나가셨나? 뭐하자는 겁니까….'

"왜 또 혼자서 열 내고 있어?"

승규는 조용히 귀가하고 싶었는데 계속 시끄럽게 이야기가 들려 말했다.

"이 정신 나간 아저씨가 지금 자기네 집으로 와서 픽업하라는데요? 지 오늘 출장 간다고."

"무슨 말도 안 되는 소리야?"

세나는 지금 그 누구보다 동네로 빨리 복귀하고 싶었다.

"어떻게 해야 합니까? 안 해주면 앞으로 회사생활 힘들 것 같은데. 진짜로 돌아버리겠네."

인우는 생각도 안 하고 있던 연락을 받아 머릿속이 까매졌다. 차의 속도를 줄이며 옆의 세나와 뒤쪽에 있는 사람들을 봤다. 아무도 의견을 내지 않고 있는 것을 보아하니 모두가 집으로 가고 싶어 하는 것 같았다. 그 사이에 부장의 전화가 왔고 결정을 못 내린 인우는 산만한 모습을 보였다.

"이럴 줄 알았으면 핸드폰을 꺼놓는건데. 어떻게 할까요? 집에 일이 생겼다고 할까요? 그러니까 제사? 장례식? 근데, 그 방법은 지난번에도 써먹은 것 같았는데. 빨리 좀요, 도와주세요."

인우의 간절한 표정에 아영이 나섰다.

"그 부장이란 사람이 회사 그만두거나 그럴 건 아닌 거지?"

"그렇죠. 실세예요. 출장 가는 것도 중요한 일 때문에 가는 거니까요. 곧 승진해서 임원 달 거라는 소문이 있어요. 이 사람한테 잘못 보이면 아주 많이 힘들어지죠."

"어쩔 수 없네. 거기로 가자. 나중에 편하게 회사 생활해야 하니까."

"어이, 잠깐. 아영아, 지금 뭐 하자는 거지? 왜 혼자서 결정해?"

세나가 짜증스럽게 쳐다봤다.

"언니, 지금 급한 것 같아서요. 어쩔 수 없잖아요. 위에서 시키면 할 수밖에 없잖아요."

"야! 그 아저씨가 우리 상사도 아닌데 뭔 소리야? 넌, 쓸데없이 착한 척하는 게 문제라니까."

세나의 짜증내는 목소리가 차 안에 울려 퍼졌다.

"어차피 우리 오늘 다들 약속 없어서 집에 가는 거잖아요? 조금 늦게 가도 상관없지 않을까요?"

아영도 끝까지 자신의 의견을 굽히지 않았다.

"오늘 중학교 동창 모임 있어. 너처럼 친구 없는 애들하고 는 다르지. 다수결로 하자. 승규 너, 운동 가야 하잖아? 빨리, 집 가고 싶다고 해."

세나는 승규를 보면서 바로 대답하라는 눈빛을 보냈다. 승규는 시선을 피했다.

"매일 운동해봤자 근육도 안 생기더라고요. 잘못된 운동 습관을 그동안 고수해 왔던 거죠. 바람도 쐴 겸 인우가 말한 곳으로 가죠."

승규의 대답에 세나는 뜻밖이라는 표정을 지었다. 잠깐 생각하던 세나가 의견이 같은 승규와 아영을 번갈아 보며 의심스럽다는 표정을 지었다.

"허허, 니들 뭐야? 애네, 뭔가 수상한데. 잠깐, 아직 안 끝났어. 차 돌릴 생각하지 마."

세나는 절대로 양보할 수 없는 듯, 회사 근처에서 약속이 있는 하림에게 스피커폰으로 전화를 걸었다.

"약속 중에 미안. 잠깐 통화 가능하니?"

"네, 언니."

하림이 통화가 가능하다고 말하자, 세나가 속사포처럼 현재 상황을 설명하며 선택하라고 재촉했다.

"승규 오빠하고, 아영 언니는 어떻게 했는데요?"

"뭐지? 둘이 같은 의견이긴 한데."

세나는 안 들어도 이미 알 것 같은 표정을 지었다.

"제 의견도 언니, 오빠랑 같아요."

"이씨!"

세나의 말이 떨어지자마자 인우는 차선을 바꿔 부장 집으로 차를 몰았다. 당연히 운전하는 내내 자신을 부려먹는 부장 욕을 했다.

꽤 오랜 시간이 흘렀고, 빌라 앞에 차가 도착했다. 때마침 부장이 밖에 나와서 차를 기다리고 있었다. 인우는 부장 근처로 차를 세우려 했다.

"저 새끼 펠 수도 없고. 지가 공항버스타고 가면 되지, 사람 오라 가라 시키고. 저거를 진짜."

차를 세운 인우가 표정을 급히 바꿔 내렸다. 인우는 그 누구보다 예의 바르게 부장에게 깍듯이 인사했다. 나머지 사람들도 차에서 내렸고, 부장은 일행이 있었는지 전혀 몰랐다며 사과했다. 아영은 부장이 머쓱해하지 않게 괜찮다면

서 한마디 했고, 승규도 부장의 짐이 많은 것을 보고 트렁크
에 싣는 것을 도왔다. 심기가 불편해 보이는 세나는 말없이
차에 다시 탑승했다. 인우는 자신을 심부름꾼으로 부려먹으
려고 하는 것에 대해 속으로 천불이 났지만 직장인으로 살
아남기 위해, 봉급이 끊기지 않기 위해 너스레를 떨었다.

"부장님, 출장 며칠이라고 하셨죠? 아, 부장님이 하루라도
회사에 안 계시면 회사가 안 돌아갈 텐데."

"짧아, 2박 3일."

"그러면 목요일에 회사 나오시겠네요?"

"엇? 어, 그래야지."

부장은 살짝 얼버무리는 것 같았다. 인우는 조수석 문을
열었고, 부장이 편안하게 탑승할 수 있도록 도왔다. 짐을 다
넣은 승규가 트렁크 문을 닫으려고 할 때, 아영은 잠시 막
았다. 부장의 짐은 대형 캐리어 2개에 여행용 가방 2개였다.
출장이 2박 3일로 짧은 일정인데 가방이 지나치게 많은 게
아영은 이상하다고 생각하며 트렁크 문을 닫았다.

장시간 차로 이동하다 보니 승규는 피곤했지만 인우의 상
사가 타고 있어 눈썹을 긁으며 잠들지 않으려 노력했다. 누
가 탔든 신경을 쓰지 않는 세나는 눈을 감고 잠을 자고 있
었다. 운전하는 인우도 상당히 피곤해 하품이 나오는 것을

간신히 참았다.

이들 중에 가장 말똥말똥한 건 뒷좌석에 탄 아영이었다. 시선은 앞에 탄 부장에게 향해 있었다. 그의 행동에 특이점이 있었다. 지금 차로 이동한 지 1시간이 넘었는데도 부장은 똑같은 자세를 유지하고 있었다.

부장은 왜 크로스백에 계속 손을 넣고 있는 걸까. 날씨가 춥지 않아 손을 따뜻하게 보온할 필요도 없을 텐데. 그러면 평소 차를 탈 때의 그만의 습관인 걸까. 그럴 수도 있겠지만 안에 뭔가 귀중한 물건이 들어있다고 밖에 추측할 수 없었다. 생각하던 아영은 대충 짐작이 간다는 표정으로 바뀌었다. 다량의 현금이 들어있을 것이다. 예전에 아영도 해외여행을 가기 위해 달러를 찾았을 때 비슷한 행동을 한 적이 있었다. 저렇게 하면 사람들이 더 이상하게 볼 텐데.

어느새 차는 공항에 도착했고, 아영은 쓸데없는 생각으로 잠도 못 자서 남들보다 더 피곤해 보였다. 부장도 차에서 내리기 위해 크로스백에서 손을 빼고 차 문을 열었다. 어떻게든 빨리 부장을 보내고 싶은 인우는 이미 차에서 내려 공항 카트에 무거운 가방을 올려놓았다. 부장은 간단하게 고마움을 표했고, 카트를 끌고 공항 입구 쪽으로 걸어갔다.

"와, 저거 수고했다고 커피 한 잔 안 사주네. 아우, 저거를 그냥."

인우가 작은 목소리로 말한 뒤 손을 들어 뒤통수를 때리는 시늉을 했지만, 부장이 뒤돌아봐 재빠르게 손을 내렸다. 부장은 뭔가 미련이 남은 얼굴로 인우 쪽을 계속 쳐다봤다. 인우는 설마 자신의 행동을 본 것 같아 간담이 서늘했다.

"부장님, 그게 팔이 뻐근해서 손을 올린 겁니다. 오해하지 마십시오."

"뭐? 빠진 거 없겠지? 내가 앉았던 자리 좀 확인해 봐."

부장은 인우가 무슨 말을 하는지 전혀 몰랐다. 그 대신, 부장은 자신의 질문에 인우가 즉시 확인해 주길 원하는 눈빛을 보냈다. 그냥 좀 가지. 저 인간 끝까지 귀찮게 하네. 인우는 애써 표정 관리를 하며 조수석 문을 열어 대충 확인했다.

"이상 없습니다, 부장님! 놓고 내리신 것 없습니다. 출장 조심히 다녀오십시오."

인우가 고개를 숙여 인사했다. 부장이 공항 안으로 들어가자, 인우는 구시렁거렸다. 시간을 뺏겨 화가 잔뜩 나 있는 세나가 인우의 꿀밤을 때렸다. 승규도 장난스럽게 딱밤을 때리려고 하는 것을 참았다. 이제 사람들은 꽤 친밀한 관계로 발전해 있었다.

저녁 11시가 넘어서야 차는 동네에 도착했다. 네 사람은 약속이라도 한 듯 하품을 하고 기지개를 켰다.

"오늘 진짜 죄송요. 제가 또 마음이 착하고 여려서 이대로는 못 보냅니다. 시원한 맥주 한잔 하시죠? 제가 사겠습니다."

인우가 제안했지만, 세나는 뚱한 표정을 지었다.

"이제 좀 지겨워. 너희들하고 할 이야기가 뭐가 있겠니? 시간 낭비지. 월요일에 또 볼 테고. 편의점에서 맥주나 사줘. 니들이랑 안 마시고, 집에 가서 혼자 마시게."

세나가 장시간 앉아 있어서인지 몸이 쑤신 듯 가장 먼저 차에서 내렸다. 아영도 차에서 내리려고 하는데 조수석 의자에 뭔가 떨어져 있는 것을 발견해 손으로 집었다. 그건 바로 누군가 흘린 USB였다.

"이거 떨어졌는데?"

아영은 손에 들고 있는 USB를 인우에게 건넸다.

"제 것 아닌데. 아, 그 자식 건가 보네. 하여간 가지가지 좀 해라."

인우는 USB를 옆 쓰레기통에 던지려는 자세를 취했다.

"너희 부장 아까부터 계속 가방에 손을 넣고 있더라고. 꽤 귀중한 거 아닐까?"

아영은 좀 전까지 보던 부장의 모습이 스쳐 지나갔다.

　　　　　　　　　　　　회사를 팔려는 자

"뭐? 잠시만. 이상한 동영상 들은 거 아니야? 그 아저씨 어쩐지 음흉하게 생겼더만."

세나도 인상을 쓰며 한마디 거들었다.

"겉모습으로 사람을 판단하기는 좀 그래요. 비행기 안에서 볼 영화나 드라마 같은 거 들었을 수도 있잖아요."

승규는 그의 성격대로 객관적으로 판단하려 했다.

"이러니까 내가 더 할 이야기가 없다는 거야. 너희랑은 대화가 고루하고, 티키타카가 안 된다니까. 빨리 맥주나 사. 피곤해 죽겠네."

세나가 말을 자르더니 앞장서 걸었다. 네 사람이 편의점 앞에 도착했을 때, 편의점 밖으로 나온 사람은 하림이었다.

"엇? 다들 늦게 오셨네요?"

"쟤 때문에!"

세나가 손으로 인우를 가리켰다.

"맥주 한잔할 건데. 같이 할래?"

"어디서 드실 건데요?"

"아니, 안 간다니까."

"엄마, 아빠 여행 가서 집 비었는데 저희 집 가실래요?"

하림이 제안했고 아영은 그 집에 꽤 가고 싶어하는 눈치였다.

"그래도 될까? 지난번에 너희 집 제대로 구경도 못했으니까."

"그럼 나도 같이."

승규도 슬쩍 끼었고, 인우가 맥주와 과자를 사기 위해 편의점으로 들어갔다.

사람들은 하림의 집 거실에 둘러앉았다. 긴 하루는 아직 끝나지 않았지만 사람들의 얼굴에서 불안감, 조급함은 찾아볼 수 없었다. 주말 밤보다도 심적으로 가장 마음이 편안한 건 금요일 밤과, 토요일 새벽으로 넘어가는 지금이었다. 하림은 사람들을 초대한 만큼 온갖 먹을 꺼내 대접했다. 그 후 사람들은 별다른 이야기를 하지 않았다. 맥주를 마시고, 과자를 먹는 소리가 거실을 채웠다.

"말 안 하고 있으면 솔직히 어색하잖아요. 그런데 여기는 말 안 해도 가족같이 편한 것 같아요."

하림의 의견에 동의하지 않는 듯 세나가 언짢은 표정을 지으며 과자봉지를 추가로 뜯었다.

"우엑, 난 전혀 아니야. 내 주변에 사람들 얼마나 많은데. 오늘도 동창 애들 만나야 하는 건데."

"맨날 바쁜척 한단 말이야?"

인우가 의심에 가득 찬 표정을 지었고 세나는 화제를 돌

회사를 팔려는 자

리려는 듯 승규 쪽을 쳐다보고 건배하자며 맥주캔을 들이밀었다.

"어이, 규칙적으로 사는 아저씨? 새벽 1시 넘어가는데 괜찮겠어? 운동 못하고 이렇게 술 먹으면 루틴 깨지지 않아?"

"괜찮아요, 오늘 같은 날은."

승규가 대수롭지 않다며 맥주캔을 건배했다.

"시간에 그렇게 목숨 걸던 사람이 왜 이렇게 순해졌어? 누구 때문인 거겠지…."

세나는 의심 가득한 눈초리로 승규와 아영을 번갈아 봤다.

"저는 잘 모르겠네요. 화장실 좀 갔다 올게요. 맥주를 많이 마셨더니."

아영은 자리에서 일어난 뒤 부엌을 지나쳐 화장실로 들어갔다. 변기에 앉으려고 하는데 바닥에 떨어진 USB를 발견했다. 조금 전 화장실을 갔다 온 인우가 떨어뜨린 USB. 차 안에서 발견해 인우에게 건네준 그 USB였다. 너희 부장 물건인데 잘 간수해야지. 혼나면 어쩌려고 그러니. 아영은 속으로 생각하며 USB를 바지 주머니에 넣었다.

차 안에 있었던 부장의 모습이, 그리고 그가 공항으로 들어갈 때 혹시나 뭔가 떨어진 건 아닌지 재차 묻던 모습이 마음에 걸리는 건 어떤 이유에서일까.

○ ○ ○

다음 날 저녁 6시에 카페에 먼저 도착해 앉아 있는 인우의 표정은 상당히 굳어 있었고 모든 것을 내려놓은 얼굴이었다. 인우는 아이스 커피를 한 번에 들이켰지만 답답함은 해소되지 않았다. 어제 저녁과 오늘 저녁의 온도 차이가 이토록 차이가 날 수 있다니. 도저히 이 현실이 믿어지지 않았다. 오늘만을 위해 지난 몇 달 동안 사람들에게 밥도 사고, 선물도 주면서 공을 들였는데 막상 받은 결과물은 처참했다.

인우는 카페에 오기 전에 겪은 2번의 소개팅이 아직도 꿈을 꾼 것 같아 상대의 메신저 프로필을 재확인했다. 소개팅을 했던 두 명 모두 사진상으로 분명히 자신의 이상형에 부합했다. 하지만, 직접 본 상대는 사진과 전혀 딴판이었다. 인우는 시간이 흐를수록 불안해졌다. 마지막 소개팅도 비슷한 결말이 예상됐다. 사람에 대한 배신감을 또다시 느끼고 싶지 않은데.

인우가 고개를 숙이고 생각에 잠겨 있을 때, 소개팅 상대가 인사를 하며 맞은편에 앉았다. 인우는 고개를 들어 상대

　　　　　　　　　　　회사를 팔려는 자

를 보고 놀라움을 금치 못한 채 속으로 외쳤다. 이 사람이다, 드디어 나에게도 봄날이 왔다.

무슨 말이 필요하랴. 성공적인 하루였다. 그 어느 때보다 환하게 웃으면서 인우는 소개팅 상대와 카페 밖으로 나왔다. 인우가 상대를 바라보는 눈빛은 벌써 교제를 시작했다.

"제가 모셔다드릴게요. 차 가져왔거든요. 잠시만 기다리세요."

인우는 주차비와 기름값이 전혀 아깝지 않았고 휘파람을 불면서 옆 건물로 들어갔다. 지하 주차장에 도착한 인우는 걷다가 한 바퀴를 돌며 기분이 좋다는 것을 온몸으로 표현했다. 그동안 출퇴근을 같이하는 사람들에게 전염되었는지 자신도 매번 소개팅에 실패해 솔로 생활이 지독히도 길어졌다. 인우는 잔잔히 웃으며 이제는 끝났다는 표정을 지었다.

차에 탑승한 인우가 시동을 걸려고 하는데 옆을 보고 소스라치게 놀랐다.

"앗, 깜작이야?"

"인우야."

말도 없이 차에 탑승해 있던 사람은 출장을 가기로 했던,

그러니까 해외에 있어야 하는 부장이었다.

"부장님이 왜 여기에…."

"긴말 안 한다. 여기 떨어뜨린 USB 어디 갔어?"

부장의 눈에서 분노가 가득했고 영문을 모르는 인우는 황당한 표정을 지으며 살짝 불쾌한 기분이 올라왔다. 상사인 것은 알겠는데 남의 차에 말도 없이 탄 것, 그리고 멋대로 차 문을 열고 들어온 것은 상식을 넘어서는 행동이었다.

어이 정신 나간 아저씨야, 상황이 어떻든 간에 남의 차에 이렇게 들어오는 게 말이 된다고 생각하냐. 인우는 표정으로 대놓고 욕했다.

"USB 어디 갔냐고!"

"전, 건드린 적이 없는데…. 아 그거."

인우는 왜 자기한테 소리를 지르는지 이해가 가지 않아 혐오스러운 표정으로 부장을 보다가 뭔가 생각이 난 듯 말하려고 했지만, 부장의 주먹이 먼저 날아와 그의 얼굴에 꽂혔다. 인우가 반격하기 전에 뒤에서 몸을 숨기고 있던 일행 두 명이 합세해 인우를 패기 시작했고 곧 인우는 기절했다.

○ ○ ○

회사를 팔려는 자

평일에 항상 생각한다. 쉬는 토요일 저녁에는 무언가 새로운 것을 하겠다고. 하지만 오늘도 생각만 했을 뿐, 지난 토요일 밤과 비슷하게 하루를 보내고 있었다. 아영은 애인 없는 친구들끼리 시간을 보내고 있었고, 대화는 했던 이야기의 반복이었다. 우정을 다지는 것도 좋지만, 그 우정을 과하게 다지다 보니 지루한 건 어쩔 수 없었다. 이런 하루를 보낼 것이었으면, 조용히 집에서 쉴 걸 살짝 후회가 들었다.

모든 이야기가 지루해 아영은 핸드폰을 꺼냈다. 별생각 없이 핸드폰을 만졌는데 가장 먼저 하는 건 승규의 프로필을 확인하는 것이었다. 딱히 승규가 사진을 바꾸지도 않았는데 아영은 며칠 전부터 승규의 프로필에 찍힌 사진을 습관적으로 봤다.

첫인상은 영 별로였지만, 사람을 겪어보니 이제는 괜찮게 보였다. 무엇보다 마음에 드는 건 어디에도 흔들리지 않는 자신만의 줏대가 있는 것 같았다. 옆에 있던 친구가 아영의 핸드폰을 슬쩍 봤다.

"우리 아영이 대화에 집중 안 하고 뭘 보고 있니?"

"그냥."

"누구야? 처음 보는 얼굴이잖아?"

친구는 얼굴을 들이밀며 핸드폰을 자세히 봤다.

"그냥 동네 사람이야. 그때 말했잖아, 같이 출퇴근하는 사람들 있다고."

"엇? 완전 내 스타일인데. 좀 생겼는데? 보정 안 해도 이 정도면 진짜 괜찮은 건데. 나 소개해줘!"

친구의 표정을 보아하니 진심이었다.

"미안. 여자친구 있다고 들었어."

아영은 스스로 대답을 하고 나서 깜짝 놀랐다. 별 생각 없이 바로 대꾸해버렸고, 왜 거짓말이 나왔는지 스스로에게 되묻고 싶었다.

"에잇, 전화 온다? 이인우? 이 사람이라도 소개시켜 줘!"

아영은 고개를 저었다. 그 사람은 성격이 이상하고 여자관계가 복잡하다며 그런 사람을 소중한 친구에게는 소개해줄 수 없다고 둘러댔다. 친구는 한발 물러났고, 아영은 왜 이 시간에 인우가 전화했는지 대충 짐작이 갔다. 아마도 소개팅에 실패해서 하소연할 사람을 못 찾아 자기한테까지 전화를 한 것이라는 추측이 들었다.

아영은 처음에 전화를 받지 않으려고 했다가 바지 주머니에서 뭔가가 걸려 손을 집어넣고 꺼내 보니 어젯밤 화장실에서 발견했던 USB였다. 그날 곧바로 인우에게 말했지만, 정신이 없어 인우에게 전달하지 못했다. 이곳에서의 대화가 좀 지루해지기 시작했으니, 어쩌면 아영은 빨리 일어날 수 있는 적절한 핑곗거리가 될 것 같아 전화를 받았다.

"응, 인우야."

"저기, 누나…."

인우의 목소리가 왜 그런지 이유를 알 수 없었지만, 어딘가 침울하게 들렸다. 설마 세 번의 소개팅 모두 망한 걸까. 사람이 약간 가벼운 경향이 있긴 하지만 겉모습은 멀쩡해 보여 그리 인기가 없지는 않을 텐데. 하여간, 적당히 설레발을 치지 그랬니.

"너무 자책하지 마. 더 좋은 사람 만나겠지. 참, 어제 말했던 USB…."

"그 USB 가지고 지금 제가 말하는 장소로 와주세요, 부탁입니다."

평소답지 않게 인우의 목소리가 가라앉았다. 그 점이 이상하다고 느낀 아영은 무슨 일이 있냐고 질문하려 했지만, 전화가 끊겼다. 아영은 고개를 갸웃거리며 다시 전화를 걸었지만, 연결이 되지 않았고 문자를 받았다.

혼자 와주세요. 부탁입니다.

아영은 주머니에 넣어놓은 USB를 꺼내 자리에서 일어났다. 인우에게 어떤 일이 벌어지고 있었고, 결코 좋은 일이 아니라는 것도 알 수 있었다.

∘ ∘ ∘

누구라도 갑작스럽게 연락했을 때 당장 가는 건 무리였다. 더군다나 이제 막 알게 된 사람들은 상대적으로 관계의 단단함도 약한 편이다. 아영은 시간을 확인하며 어수선한 거리를 왔다갔다 했다. 촉박한 상황인 것 같아 시간이 없었다. 아무래도 사람들 없이 혼자 가야 할 것 같았다.

아영은 손에 들고 있는 USB를 만지작거렸다. 이 안에 어떤 내용이 들어있기에 인우가 급히 전화하고 목소리까지 침울한 걸까. 그리고 문자로 혼자 오라고 한 점도 이상하기 그지없다. 분명 인우에게 어떤 문제가 생겼다.

"늦었죠 언니? 여기서 보니까 더 반가운 것 같아요."

아영은 혼자서 갈까 봐 살짝 걱정했는데 하림이 이쪽으로 뛰어왔다. 하림은 표정은 허투루 하는 말이 아닌 것 같았다.

"거짓말 좀 하지 마. 난, 전혀 반갑지 않아. 진짜 니네 좀 지겹다. 왜 하필이면 가까이에 있었던 거야? 땅덩어리는 좁고,

사람들 가는 곳은 한정되어 있고."

어느새 합류한 세나도 한마디 거들었다. 세나가 이곳에 올 줄 전혀 예상하지 않았기에 아영은 반가웠다.

그리고, 수많은 인파 속에서 뛰어오는 사람을 아영은 단번에 파악할 수 있었다. 다른 사람들이 와서 반가웠다면, 승규가 뛰어오는 것을 보아하니 마음의 안정이 찾아왔다.

이토록 빠른 시간에 전원이 모일 줄 아영은 전혀 예상하지 못했다. 예전에 친구들에게 도움을 청하면 항상 거절당하기 마련이었다. 그런데 여기 모인 사람들은 왜 각자의 소중한 시간을 제쳐두고 이곳에 온 것일까. 분명히 서로의 첫 느낌은 별로였고 아직도 서로가 탐탁지 않아 하는데 말이다. 뭘 특별히 한 건 없었다. 단지, 출퇴근만 같이 했을 뿐인데.

사람들은 아영에게 시선을 고정했고, 아영은 이곳에 사람들을 부른 이유를 설명했다.

"인우한테 전화를 받았는데, 뭔가 문제가 생긴 것 같아요."

○ ○ ○

집 근처에서 쉬던 하림이 가족 차를 끌고 와 운전했다. 조수석에 탄 아영이 하림의 노트북에 USB를 꽂았다. 아영이 USB에 저장된 파일을 열자, 워드 파일이 화면을 채웠다. 스크롤을 살짝 내리자, 뒤에서 보고 있던 승규가 뭔가 짐작이 간다는 표정을 지었다. 아영이 좀 더 스크롤을 내렸고, 승규의 표정은 확신으로 가득 차 있었다.

"해외 출장의 목적은 회사의 비밀 자료를 외국 기업에 넘기겠다는 거네요."

승규의 의견에 모두가 동의하는 것 같았고, 세나가 그중에 가장 많이 고개를 끄덕이며 자기 눈이 틀리지 않았다는 것을 말하고 싶어 했다.

"역시, 그럴 줄 알았어. 그 부장 눈빛이 이상했다고 말했지? 싸한 느낌 때문에 나는 인사도 안 한 거야. 딱 보인다니까, 배신자의 눈빛이."

"저도 이상하다고는 계속 생각했어요. 그때 차에 같이 탔을 때도 가방에 계속 손을 넣고 있었어요. 짧은 출장이라고 했는데 가방 수가 많은 것도 이상했고."

USB가 그들에게 매우 중요한 물건이다. 그렇다면, 상대는 이미 이쪽의 생각을 읽고 행동하고 있을 것이다. 더 도와줄 사람은 없었다. 누구에게도 도움을 받을 수 없는 상황이라면, 차 안에 있는 사람들끼리 해결해야 할 수밖에 없었다.

"아, 괜히 왔어. 진짜 애네들이랑은 어울리는 게 아닌데."

세나가 긴 한숨을 내쉬며 인상을 썼다. 왜 서슴없이 이곳에 와 버린 걸까.

"주기만 하면 별일 없을 거예요."

승규는 다른 사람들과 달리 별로 긴장하는 기색이 없었다.

"USB를 줄 생각인 건가요?"

아영은 약간 의아한 표정을 지으며 질문했다.

"인우한테 아무런 일이 없게 해야 하니까 그렇게 해야 하지 않을까요? 지금 꽤 위험한 상황일 거예요. 그 칠칠맞은 부장 아저씨가 다시 돌아온 것을 보면, 아마 이 USB 안에 모든 것을 걸었을 게 틀림없고요."

승규의 그 말을 듣고 있던 다른 사람들도 비슷한 의견을 가지고 있었다. 단, 아영은 그 의견을 완전히 수용하기는 어려웠다.

"그렇긴 하지만 인우네 회사 차원에서는 엄청난 손해잖아요. 이런 사실을 알고도 그냥 USB를 넘겨주는 건 좀 아닌 것 같아요. 잘못된 사람 한 명으로 인해 회사가 그동안 공들여 쌓아온 게 무너지면 어떡해요."

아영이 그렇게 말했어도 승규는 흔들림이 없었다.

"아영씨 말도 맞아요. 그런데, 우리 회사가 아니고 아영 씨 회사도 아니잖아요. 그저 남의 회사일 뿐이에요."

"그래도 이대로 그냥 넘길 수는 없어요."

지금 이 순간만큼 아영은 남의 회사라는 생각이 들지 않았다. 이러한 상황을 모른 채 성실히 회사에서 일하는 사람들은 아무런 죄가 없다. 인우와 그 회사에서 일하는, 모두를 위한 결정을 내리고 싶었다.

"우리 잘못이 아니에요. 직원 관리를 제대로 못한 그 회사의 책임인 거죠. 부장이라는 놈이 이런 상황을 만들지 않게끔 회사 내부적으로 역할을 못한 거니까 우리가 신경 쓸 필요 없어요."

승규가 다시 한번 설명해도, 아영은 미련이 남는다는 표정을 지었다. 보다 못한 승규가 USB를 뽑아 버렸는데 아영은 승규의 손을 잡았다. 아영의 간절한 눈빛을 읽은 승규는 어쩔 수 없이 다시 USB를 노트북에 꽂았다. 그리고 노트북을 자신의 무릎 위에 올려놓은 다음, 핫스팟을 연결해 뭔가를 하기 시작했다.

늦은 시간, 공원 주차장에 차 한 대가 도착했다. 잔뜩 긴장한 표정의 아영과 무표정한 승규가 내렸다. 미리 와서 대기하고 있던 차량에서는 부장이 모습을 드러냈다.

"다른 사람들 안 불렀지?"

회사를 팔려는 자

부장은 경계하면서 두 사람을 봤고, 승규가 고개를 끄덕이자 서두르는 모습을 보였다.

"USB는?"

"여기 있어요."

아영은 손을 들어 USB가 있다는 것을 보여줬다. 그러자 뒤에 타고 인우가 차에서 내렸다. 그는 혼자가 아니었고, 건장한 체격의 남자들이 양옆에 서 있었다. 그 모습을 보고서 아영과 승규의 얼굴이 동시에 굳었고, 부장은 그것을 간파한 모습이었다.

"때리지 않았다. 만약의 상황을 대비해 같이 온 사람들이니까 긴장하지 마."

"조폭…. 아닌 거죠?"

아영은 막 나가는 부장의 행동이 우선 의심스러웠고, 그런 계통의 사람들과는 엮이고 싶지 않았다.

"하여간 덩치만 좀 큰 사람들 보면 상상력이 항상 그런 쪽으로 고착된다니까. 편견을 가지지마. 이 사람들 다 좋은 사람들이니까. 참, USB 안에 들어있는 거 본 건 아니지?"

"남의 회사 일 따위는 관심 없어요. 토요일 저녁 시간을 이렇게 뺏기는 것도 마음에 들지 않고요."

승규는 자신의 시간을 낭비하는 것에 대해 심기 불편한

모습을 의도적으로 내비쳤다.

"하여간 그놈의 시간, 시간. 시간에 얽매이는 인간들 치고 제대로 쓰는 놈들 없어. 자, USB를 이쪽으로 던져. 그러면 보내 줄 테니까."

"서로 중앙에서 교환하는 걸로 해요."

아영은 대답했다.

부장은 따박따박 한 마디도 지지 않고 대꾸하는 두 사람의 태도가 영 마음에 들지 않았다. 그는 바닥에 침을 뱉으며 불편한 심기를 드러냈다.

"귀찮게 하는구먼. 알았다."

부장과 건장한 체격의 남자들이 인우를 데리고 앞으로 걸었다.

아영과 승규도 그쪽으로 걸어가 마침내 중앙에서 부장과 만났다. 아영은 손에 들고 있는 USB를 야비한 표정을 짓고 있는 부장에게 건넸다. 부장은 자신의 USB가 맞는지 꼼꼼하게 살피더니 안도의 표정을 지었다. 남자들이 붙잡고 있던 인우가 풀려났다. 마치 약속이라도 한 듯 아영과 승규는 빠르게 걸었으며 인우도 보폭을 맞췄다. 세 사람이 차에 탑승하자마자 인우가 더럽고 비열한 부장이라며 욕설을 내뱉었고, 승규는 운전자인 하림의 어깨를 쳤다.

회사를 팔려는 자

"천천히 가. 너무 빨리 가면 눈치채니까."

승규가 밖을 보니 멀리 자그맣게 부장과 덩치들의 모습이 보였다.

덩치 한 명이 노트북을 가방에서 꺼내 부장에게 건넸다. 부장은 이 정도 선에서 일을 수습한 것이 그나마 다행스러웠다. 약간의 잡음이 있었지만 어쨌든 무사히 USB가 자기 손에 있으니까. 부장이 별 의심 없이 USB를 노트북에 꽂는 순간, 노트북이 멈춰버렸다. 부장은 거친 욕설을 했고, 악성 바이러스가 깔려 있다는 것을 알아차렸다. 어렵게 회사의 비밀 자료를 빼돌려 마무리도 수월할 줄 알았는데 자신의 실수 때문이 아닌, 전화를 받고 자신을 데려다준 인우와 그 일행 때문에 이 사달 난 것만 같았다.

부장은 서둘러 차에 올라타려 했고 지켜만 보고 있는 덩치들에게 함께 타라고 강요했다. 그런데 덩치들은 이 일에 전혀 관심 없는 모습을 보였다.

"형씨, 계약은 여기까지잖아. 추가 비용을 내든가 해야 우리가 움직이지."

부장은 바로 인지했다. 그 말을 듣고서 혼자 차에 올라탔다. 사람을 움직이려면 무조건 돈이다. 이미 시간을 초과했기에 덩치들을 움직이게 만들 수 있는 권한이 없었다. 부장은 이미 덩치들에게 많은 돈을 지급했기에 더 이상의 비용을 쓰는 건 무리였다.

혼자 움직이겠다고 판단한 부장은 거칠게 운전하며 이 사태의 원흉은 아무리 봐도 인우 그놈이라고 생각했다. 그놈이 전화를 받은 것도 문제였고, 데리러 온 것도 문제였고, 일행과 함께 온 것도 문제였다. 그놈만 오지 않았다면 USB를 차에 떨어뜨릴 일도 없었을 텐데. 부장이 스스로 불러온 일인데 그것을 인식 못하고 있었다.

운전에 몰입하던 부장은 USB를 받아야만 하는 외국업체 임원의 얼굴을 떠올리자 갑자기 가슴이 조마조마하고 식은땀이 났다. 이미 부장은 선금을 받았고 그 많은 돈을 다 써버려서 다시 돌려줄 수도 없었다. 소문에 의하면 그 회사는 폭력조직과도 연관되어 있다고 들었다. USB를 넘겨주지 못하면 자칫 자신의 목숨이 위험해질 건 뻔했다.

점점 두려운 생각이 들던 부장은 급히 차를 몰았다. 맙소사, 앞으로 나가야 할 차는 움직이지 않았다. 뭔가 '쿵' 하는 소리가 이미 났지만, 부장은 앞으로 감당해야 할 일 때문인지 미처 듣지 못했다. 차의 타이어는 쇳덩이에 박혔고, 부장은 의도적으로 인우와 그 일행이 놓았다는 것도 알았다. 부장이 차에서 내려 덩치들에게 도움을 요청해야겠다고 마음

먹었을 때 뒤를 따라오던 차량이 부장의 차를 의도적으로 박았다. 덩치 중 하나가 차에서 내려 경찰증을 꺼냈다. 부장은 모든 것을 내려놓은 표정으로 이인우의 이름을 목청껏 외쳤다.

잠시 감금되어 있었던 인우는 차 안에서 친구들에게 전화로 자신이 겪었던 상황에 대한 무용담을 수다스럽게 떠들었다. 그렇게 떠드는 시간이 꽤 길어지다 보니 옆에서 듣고 있던 세나가 핸드폰을 뺏어 통화종료 버튼을 눌렀다.

"호들갑 좀 떨지 마. 시끄러워 죽겠어."

"진짜 죽는 줄 알았다니깐요. 살면서 이런 경험은 또 처음이네. 아우, 끔찍해. 죽음과 생사의 갈림길에 선 상황이었다고요!"

세나는 더 이상 인우의 소리가 듣기 싫어 귀를 막는 자세를 취했다.

"널 죽여도 그 사람들한테 득 될 게 없어 보이던데."

세나가 그렇게 말하자 인우가 째려봤다.

"저처럼 아주 강한 멘탈을 가진 사람 정도 되니까 그 험한 상황을 버틴 거예요. 다른 사람이었으면 그냥 오줌 질질 싸고 그랬을걸요?"

"내가 봐도 죽였을 것 같지는 않아. 목적이 회사의 자료지,

너는 아니니까. 너는 그냥 운이 없게 USB를 가지고 있었던 것뿐이고."

승규가 그렇게 말하자, 인우는 섭섭한 표정을 지었다.

"다들 뭐예요? 역시 아영 누나한테 연락하길 잘했어. 앞으로 누나한테 평생 잘하겠습니다."

그러더니 인우는 조수석에 앉아 있는 아영의 어깨를 주무르기 시작했다.

운전하던 하림은 백미러와 사이드미러를 차례대로 확인하며 더 이상 차가 따라오지 않는다고 알렸다. 인우는 자신을 살린 건 아영과 하림이라며 뒤에 탄 사람들과 선을 긋자, 하림은 할 말이 있다고 했다.

"인우 오빠, 죄송하지만 저도 연락이 왔어도 그냥 무시했을 것 같아요."

"야! 너도 똑같다고? 절박한 상황에서 진짜 인간의 본성이 나오는구나."

인우가 기가 막혀 배신감 가득한 표정을 지었다.

"아영 언니 때문에 간 거예요. 언니가 걱정되어서."

"아니, 나를 걱정해야지?"

"언니, 왜 남의 회사 일인데도 그렇게 나선 거예요?"

하림은 뒤에 있는 인우는 신경 쓰지 않았다. 그 질문에 대해 아영은 신중하게 생각했지만 사실 이유는 없었다.

"특별히 생각하고 어떤 이유가 있어서 한 행동은 아니야. 자연스럽게 그냥 그렇게 해야 할 것 같았어."

"평소 생각이 행동으로 나온 거네요."

"그런가? 그런데, 그런 믿음은 있었던 것 같아. 혼자 갈 것 같지는 않았어. 함께 해줄 사람들이 있을 것이라는 믿음. 그게 나만의 믿음인지는 모르겠지만."

잠시 침묵이 흘렀고, 이 분위기가 마음에 들지 않는 세나가 창문을 열며 한마디 했다.

"쳇, 토요일 밤에 왜 너희들하고 함께 있는 건지."

그렇게 세나가 말했어도 사람들은 그게 그녀의 본심이 아니라는 것을 알았다. 차는 터널 안으로 진입했다.

어떤 선택

일요일 오후 동네의 거리는 조용했다. 보통 이 시간대에 사람들은 내일 출근을 위해 집안에서 휴식을 취하는 경우가 많았다.

그들과 달리 승규는 일요일 오후에 혼자서 동네 카페를 찾는 것이 습관이었다. 카페에서 승규는 평소 즐겨 마시는 진한 커피를 음미하며 지난 한 주를 정리하고, 다시 시작될 한 주를 어떻게 보낼지 차분히 생각했다.

골똘히 생각에 몰두하던 승규는 벽에 기댄 채 커피를 마시며 테이블 위에 올려놓은 노트북 화면을 응시했다. 승규는 특별히 벽 자리를 선호하지 않았지만, 몇 달 전부터는 항상 이곳에 앉았다. 승규는 마우스 커서에 파일을 갖다 댄 다음 왼쪽 버튼을 클릭했다. 파일의 정체는 이력서였다.

"집에서 안 쉬고 매주 이런다는 게 정말 사실이었네요?"

깜짝 놀란 승규가 고개를 들었다. 반가운 사람, 바로 아영이었지만 지금 이 자리에서 아영을 만날 거라고는 생각 못했다. 승규는 곧바로 노트북을 덮었고 그 행동이 아영에게는 수상해 보였다.

"설마 이런 데서 이상한 거 보는 건 아니죠?"

"절대로 아니에요. 그런 사람 아닙니다."

"그러면 왜 놀란 거예요?"

아영의 궁금증이 증폭되고 있었다.

"멍때리고 있었는데, 생각하고 있던 사람이 나타나 버렸어요."

승규의 말을 듣고 나서 아영은 약간 낯간지럽다는 표정을 지으며 가방을 내려놓고 커피를 주문하러 갔다. 아영이 계산대로 가서 커피를 주문하는 사이, 승규는 다시 노트북을 열어 커서를 올렸는데 잠깐이나마 아영의 이력서 사진이 보였다. 승규는 급히 파일을 닫고 다시 노트북을 덮었다.

승규는 주문하고 있는 아영을 봤다. 지금 아영과 시간을 가지는 건 위험했다. 머리로는 아영에게 양해를 구하고 자리를 떠나라고 했지만, 몸은 움직이질 않았다. 커피를 가지고 다시 돌아온 아영은 착석했다.

어떤 선택

"왜 갑자기 왔어요? 이 시간에 나오기 귀찮은데."

승규는 갑자기 아영이 연락도 없이 이곳에 온 게 이상했다.

"그때 했던 말이 진짜인지, 거짓인지 확인해 보고 싶었어요. 제 주변에 거짓말하는 사람이 너무 많아서요."

"전 거짓말을 잘 안 하는, 아니 아예 하지 않는 편이에요. 사소한 거짓말의 파장을 잘 알고 있으니까요."

승규는 그 말을 하고도 본인이 놀랐다. 이 상황이 그 어떤 자리보다도 승규에게 부담감으로 다가왔고 억지스러운 미소를 지었다.

"믿을게요, 내 눈으로 확인했으니까. 여기서 매주 뭐해요?"

그 질문을 받고 나서 승규는 잠시 커피를 마시며 어떻게 말을 해야 할지 생각을 정리했다. 아영은 일상적인 대화를 나눈다고 생각하겠지만, 승규에게는 그렇지 않았다,

"이번 주는 어떤 마음가짐으로 회사생활을 해야 할지 생각을 정리하고 있었어요. 몇 년 다녔는데도 아직 월요일은 불안한가 봐요."

"겉으로는 전혀 그렇게 안 보이는데. 처음에 봤을 때 기억나죠? 딱딱하고 감정도 없어서 기계인 줄 알았어요."

아영은 함께 첫 출근을 했을 때의 기억을 떠올렸다.

그 말을 듣고 나서 승규는 원래 그런 사람은 아니라며, 그날은 조금 예민해져 있었다고 둘러댔다. 그 후에 그렇게 행동한 이유가 더 있었지만, 입 밖으로 꺼내지 않았다. 친절을 베푸는 자는 그 순간만 기억된다. 다만, 까칠하고 예의 없게 대하면 뇌리에 오래 남을 수도 있지 않을까.

승규는 일상적인 이야기의 주제를 던진 뒤에 주로 경청했다. 이 자리에 아영과 있는 게 싫어서가 아니었고, 어떻게 하면 다음 질문을 자연스럽게 하느냐가 문제였다. 뜬금없이 화제를 돌리면, 질문을 받은 사람은 그 질문의 의도를 되짚어 볼지도 모른다. 이야깃거리를 생각하던 승규는 같이 출퇴근하는 사람들이 어느 부서에서 일하는지에 대해 이야기하는 게 좋을 것 같았다.

"아영 씨가 마케팅 쪽이라고 했었나요?"

"너무 나한테 관심 없는 거 아니에요?"

아영은 섭섭하다는 표정을 지으며 지갑에서 명함을 꺼내 승규에게 건넸다. 빳빳한 명함을 손에 받은 승규가 명함을 확인하자 전략기획부라고 쓰여 있었다. 사실, 승규는 이미 아영이 어느 부서에서 일하는지 꿰뚫고 있었다. 아영에 관한 관심은 개인적으로 넘쳤고, 또한 업무적으로도 그러했다.

"참, 아영 씨도 내 명함 없을 텐데. 잠시만요."

승규도 지갑에서 명함을 꺼내 아영에게 건넸다. 같이 출퇴근하는 사람 중에 처음으로 명함을 줬다. 자신이 어느 회사에 다니는지 모두가 알고 있었기 때문에 굳이 줄 필요성을 못 느꼈다고 설명했다.

"맞다, 구매라고 했었지. 그거 알아요? 우리 경쟁사인 거."

"알죠, 근데 하는 일이 다르니까 부딪힐 일은 없을 거예요."

같은 백화점 업계라는 건, 이미 알고 있었다.

"이번 주에 양 사 모두 중요한 일 있는 건 알죠?"

"어떤 거죠?"

"엥? 회사 사람 맞아요? 우리만 신경 쓰고 있는 거였나. 하긴, 우리가 계속 탈락해서 신경도 안 쓰고 있었나 보네요, 그쪽은."

"무슨 이야기하는 건지 저는 잘 모르겠네요."

승규는 알면서도 모른척했다.

"맙소사! 면세점 입찰이요. 이번 주에 하잖아요!"

아영은 어떻게 그걸 몰랐냐는 표정을 짓고 있었다.

"생각해 보니까 TF 꾸려서 한다는 이야기만 들은 것 같아요. 별로 신경 쓰지 않고 있어서요."

승규는 별 관심 없다는 반응을 보였다.

"그래요? 전, 이번 주 상당히 신경을 많이 써야 할 한 주 같아요."

그렇게 말하고 난 아영의 표정은 미리 걱정하고 있었다.

"면세점 입찰 때문에요?"

"네, 물론 제가 발표는 안 하지만 PT 자료 만들고 있거든요. 내용은 모두 컨펌받았지만, 혹시라도 오타 같은 거라도 보이면 진짜 망신이잖아요. 그러면 진짜 큰일인데."

"계속 보는 수밖에 없을 거예요. 참, 노트북이나 중요한 물건 있으면 전날 미리 차에다가 실어놔요. 당일 챙기려고 하면 정신없을 거예요. 예전에 방심하다가 중요한 자료를 안 챙긴 적 있거든요. 그때 생각하면 어질어질하네요."

자신이 겪은 경험을 이야기하면서 승규는 걱정하지 말고 준비하라며 격려해 줬다. 아영은 그렇게 하겠다며 고마워했다.

○ ○ ○

회사 건물 안으로 들어온 승규는 출근하자마자 문자메시

지를 받고 7층 회의실을 가기 위해 엘리베이터를 탔다. 승규는 엘리베이터 밖으로 우뚝 솟아 있는 빌딩 중 하나를 응시했다. 그 빌딩은 아영이 근무하는 회사였고, 승규의 얼굴은 상념이 가득해 보였다.

"안 내리고 뭐 해?"

깜짝 놀란 승규가 고개를 돌려 옆을 보니 엘리베이터 문이 열려 있었고 자신을 부른 팀장이 서 있었다. 팀장 옆에 처음 보는 사람이 눈에 띄었다. 승규는 엘리베이터에서 내려 팀장에게 고개를 숙였다.

"인사드려. 이번에 새롭게 온 최 부장이야. 나하고는 예전 회사에서 같이 근무했었고."

"예, 알겠습니다. 처음 뵙겠습니다. 잘 부탁드립니다."

승규는 인사를 하고 나서 지갑을 꺼냈다. 안쪽 주머니에 손을 넣어 명함을 꺼냈는데 그 명함은 아니었다. 다시 승규가 지갑 속 다른 주머니에 손을 넣고 명함을 꺼내 최 부장에게 건넸다. 최 부장은 명함을 확인하며 부서를 확인했다.

"팀장님과 같은 부서시구나. 전략기획부, 거기 일 아주 힘들죠? 팀장님 그럼 저녁에 뵙겠습니다. 충성!"

부장이 떠난 다음, 팀장과 승규는 회의실로 함께 들어갔다. 팀장은 중요하게 할 이야기가 있는지 회의실 문을 잠갔고 두 사람은 마주 앉았다.

"오늘 좀 표정이 어둡다?"

팀장은 승규가 갈등하고 있다는 것을 바로 알아차렸다.

"그런 건 아닙니다. 출근 시간이 오래 걸려서 아직 잠이 덜 깬 것 같습니다. 곧 괜찮아질 겁니다."

"그게 무슨 말이야? 곧 괜찮아져? 그러니까 이번 일 끝나고 회사 근처에 집 얻어서 다녀. 왔다 갔다가 하며 길에서만 3시간 이상을 버리는 거 아냐?"

팀장은 이전부터 승규의 출퇴근 방식을 이해 못 하겠다는 태도였다.

"단점보다는 장점이 더 많습니다. 동네 사람들하고도 매우 친해졌습니다."

"아씨, 동네 사람들하고는 친해져서 뭐 하냐고? 서로 얼굴 알아보는 것도 싫어 죽겠는데."

"덕분에 알게 된 좋은 사람도 있습니다."

"걔는 널 좋은 사람으로 생각하려나. 아무튼 다시 확인은 했고?"

"예, 했습니다."

승규의 목소리는 침울했다. 팀장도 알고 있었지만, 굳이 언급하지 않았다. 지금은 갈등하고 고통스러울지 모르지만,

사람은 망각의 동물이기에 시간이 지나면 왜 그때 고민 따
위를 했지, 라고 후회할 것이니까.

"좋아, 끝까지 마무리 잘하자고."

"팀장님, 이렇게까지 해야 하는 건가요?"

결국, 승규는 하고 싶었던 말을 내뱉었다.

"의문을 가지면 회사 생활 피곤해진다. 회사 안에서는 의
문을 가지지 마. 그냥 시키면 해."

"그렇지만, 그 친구 입장도 있습니다. 그렇게 해버리면 모
든 책임이 그 친구한테 갈 텐데."

"너, 감정 없잖아? 그래서 내가 처음에 시켰을 때 수락한
거고. 그냥 네 인생에 지나가는 사람이잖아. 안 그래?"

팀장이 말을 마치자마자 전화가 울려 밖으로 나갔다. 회의
실에 혼자 남은 승규의 핸드폰으로 아영이 개인적으로 보낸
메시지가 도착했다.

좋은 하루 보내세요!

오늘 진짜 출근하기 싫었는데 그나마 사람들하고 같이 출근하니까
억지로라도 온 것 같네요.

승규는 문자를 확인했지만, 평소와 달리 바로 답변하지 않

았다.

○ ○ ○

집에 돌아온 아영은 책상 앞에 노트북을 펼쳐놓고 자료를 확인했다. 자료를 수백 번도 넘게 확인한 것 같은데 계속 검토하지 않으면 어딘가 불안했다.

내일 면세점 입찰은 회사의 사활이 걸린 프로젝트였다. 계속 자료를 훑다 보니 벌써 저녁 11시 30분이 넘었다. 집에 도착하자마자 자료를 살핀 아영은 씻지도 않고 있었다는 것을 뒤늦게 깨달았다. 긴장감은 곧 피곤함으로 바뀌었다. 이미 지칠 대로 지친 아영은 씻을 생각이 없는지 하품하며 침대에 누워 핸드폰을 확인했다.

내일 중요한 날이죠? 중요한 짐 있으면 미리 차 안에 넣어요.

아영은 침대에서 일어날지 말지 잠시 고민하는 시간을 가졌다. 누가 침대에 접착제라도 붙여놓은 걸까. 몸을 움직이기 귀찮았다. 어차피 내일은 중요한 날이니만큼 평소보다 더 일찍 일어나서 준비하면 될 것 같다는 생각에 간신히 지

어떤 선택

탱하고 있는 눈꺼풀이 덮어지려고 했다.

잠이 들기 전, 불현듯 내일 아침 허둥대는 모습이 떠올랐다. 새벽에 허겁지겁 일어난 다음에 화장하지만, 평소보다 화장이 마음에 들지 않아 시간이 길어진다. 그러다 보니 시간의 압박 때문에 노트북을 놓고 집에서 나온다. 그래도 정신을 놓지 않고 다시 집에 돌아와 노트북을 챙겨서 안심하는 순간, 노트북이 바닥에 떨어져 고장나 버린다. 정신이 번쩍 든 아영은 침대에서 일어나 귀한 물건 챙기듯 노트북을 가지런히 들어 집을 나왔다.

한밤중에 아영은 주차된 차량 앞에 도착했다. 트렁크를 열어 그 안에 노트북을 깊숙이 넣었다. 확률은 희박하지만, 혹시나 모를 도난을 방지하기 위해서다. 트렁크 문을 닫은 아영은 집이 보이는 곳으로 걸어갔다가 다시 돌아와 트렁크가 제대로 닫혔는지 확인했다. 마음속의 불안이 행동으로 나오고 있었다. 트렁크뿐만 아니라 차 문이 제대로 잠겼는지 재차 확인하고 나서야 집으로 뛰어갔다.

탁! 트렁크가 열리는 둔탁한 소리가 났다. 곧이어 승규가 모습을 드러냈다.

○ ○ ○

가장 중요한 날에는 종종 뜻하지 않은 사고가 일어나는 것에 대해 아영은 걱정했지만, 출근길의 운전을 책임진 승규가 안전하게 운전해 평소와 같이 별 탈 없이 목적지에 도착했다. 코를 골며 자던 인우가 기지개를 켰다.

"와, 너무 잘 잤어. 침대보다 편하네. 승규 형, 오늘 유난히 안전운전한 것 같네요."

"누구 때문일까? 우리 때문은 아닐 거야."

세나가 내리면서 자신은 언제 좋은 남자 만나냐며 볼멘소리했다.

차에서 아영이 내렸다. 트렁크를 열어 안에 노트북 가방이 안전하게 있는지 살피고 다시 트렁크를 닫았다. 오늘 아영에게 중요한 일이 있는 것을 알고 있는 사람들은 부담가지지 말라면서 저마다 한마디 하고 각자의 일터로 걸어갔다.

승규는 같은 방향이어서 아영과 함께 걸었다. 아영보다 더 긴장하고 있는 건 승규였다. 처음에 팀장이 일을 시켰을 때, 승규는 긴 고민 없이 그렇게 하겠다고 답했다. 동네 사람이지만 그저 자신의 인생에 지나가는 수많은 사람 중의 한 명이라는 생각이 들어서였다. 막상 일을 진행하고 여기까지 온 상황에서 승규의 생각은 바뀌려고 했다. 아영의 존재는

어떤 선택

그저 지나가는 사람이 아니었다.

"무슨 생각을 그렇게 해요? 회사 한참 전에 지나쳤어요."

어느새 둘은 아영의 회사 앞에 도착해 버렸고, 승규는 아차 싶어 뒤돌아봤지만, 당황한 기색을 전혀 드러내지 않았다.

"아영 씨 긴장하는 것 같아서 같이 온 거예요."

"그런 거였구나, 고마워요, 제일 신경 써주는 것 같아서."

아영은 말하고 나서 회사로 들어가려고 했지만, 막다른 심정의 승규가 막아섰다.

"사람을 믿어요? 아니, 나라는 사람을?"

승규의 갑작스러운 질문을 받은 아영은 그 질문을 한 의도에 대해서 별로 생각하지 않고 답했다.

"많이 믿어요, 다른 사람보다도 훨씬 더."

마음이 급해 많은 시간을 할애할 수 없는 아영은 손을 흔들며 회사로 들어갔다. 승규는 회사 쪽으로 걸어갔다. 그건 아무것도 모르는 아영에 대한 안타까움의 한숨과, 자신의 미래를 걱정하는 한숨이 모두 내포되어 있었다.

○ ○ ○

공항 면세점 입찰의 PT 발표를 위해 각 회사의 사장과 임원들이 호텔에 모습을 드러냈다. 아영도 회사의 PT 발표를 책임질 부사장을 비롯해 다른 임원들과 함께 호텔에 도착했다. 직장인으로 거의 최고 위치까지 오른 사람들과 함께 있다는 것에 대해 아영은 부담도 되었지만, 한편으로는 돈 주고도 살 수 없는 경험을 할 기회인 것 같았다.

개인의 경험을 쌓는 것만으로 만족할 수 있을까. 아영은 그렇지 않았다. 회사는 경영난을 겪고 있으며 언론에 보도되는 것 이상으로 내부 사정은 심각했다. 그렇기에 회사의 경영진들은 입찰에서 사업권을 반드시 따내야 한다고 거듭 강조했다. 어떠한 성취 없이, 즉 소득 없이 돌아가서는 곤란했다.

부사장의 스피치 능력은 의심할 여지가 없었다. 그러면 중요한 건 PT 자료였다. 아영은 어제 조금 더 검토할 것을 후회하며 사람들과 함께 신관 안으로 들어갔다.

이미 장소에 도착한 경쟁업체의 경영진과 임원들도 있었다. 아영의 회사 사람들은 업계 사람들과 간단히 인사하며 서로를 격려했다. 이 자리가 몹시 어려운 아영도 고개를 숙이며 상사의 눈에 거슬리지 않게 행동했다.

업체들끼리 인사를 나눈 아영은 멀리 서 있는 사람의 얼굴을 보고 자신이 제대로 본 것은 맞는지 의심해 눈을 깜빡거렸다가 다시 떴다. 전혀 예상하지 못한 사람이 이곳에 있었다. 그건 바로 승규였다. 경쟁업체이기 때문에 그 회사 직원들이 이곳에 오는 것은 당연했다. 하지만 승규는 이곳에 온다는 이야기를 단 한 번도 하지 않았다.

아영은 그 점이 이상해 승규 쪽으로 계속 시선을 보냈다. 마침내 승규가 아영 쪽을 봤다. 아영은 어떤 반응을 보일 것으로 생각해 기다렸으나 승규는 시선을 피해 일행과 함께 자리를 이동하더니 눈길도 주지 않고 착석해 버렸다. 잠시 상황을 살피던 아영은 그쪽으로 가서 물어보고 싶었으나 부사장과 임원들이 이동해 어쩔 수 없이 그들의 뒤를 따를 수밖에 없었다.

이곳에서 마음대로 움직일 수 없는 아영도 의자에 앉았다. 곧바로 직원은 PT 발표의 진행 방식에 관해 설명했다. 이날만을 준비했던 아영이지만 직원의 설명이 귀에 들어오지 않았다. 아영의 생각과 시선은 저 멀리 보이는 승규에게 향해 있었다. 이 자리에 승규가 있다는 게 어딘가 석연치 않았다.

같은 부서의 사람이 아닌데도 회사 사람의 지시로 빼먹을 물건을 전달하러 온 것일까. 그렇다면, 왜 돌아가지 않고 이 자리에 계속 있는 걸까. 무엇보다 아영이 이상하게 생각하고 있는 건, 의도적으로 자신을 피하고 있는 승규의 행동 때문이다. 분명히 승규는 자신과 눈이 마주쳤지만 바로 시선을 돌렸다. 오전에 그렇게 따뜻했던 사람이 왜 갑자기 냉정하게 변한 건지 아영은 이해가 가지 않았다. 공식적인 자리에서 아는 사람도 피하는 게 원래 그의 모습인 걸까.

어느새 직원의 설명이 끝났고 첫 PT 발표를 맡게 될 다른 업체의 사장이 연설대에 섰다. 아영은 바닥에 놓은 노트북 가방에 시선을 돌렸고, 순간 승규가 노트북을 미리 챙겨놓으라고 했던 말이 스쳐 지나갔다.

아무리 친해졌다고 해도 그렇게까지 나한테 조언해 줄 필요가 있었을까. PT 자료의 내용 오류 혹은 오타가 나올 것이라는 긴장감은 사라졌고 노트북이 바뀐 것은 아닌지 불안해졌다. 아영은 의심스러워 노트북 가방에 손을 대려고 했지만, 옆에서 팀장의 목소리가 들렸다.

"다른 업체 발표할 때 집중해. 직원들의 듣는 자세도 다 평가 항목에 들어가니까."

"죄송합니다."

노트북 가방을 열어보지 못하고 아영은 할 수 없이 의자에 등을 억지로 기댔다. 발표는 들리지 않았고 식은땀이 흘렀다. PT발표가 시작된 이상, 자리에서 절대 일어날 수 없

　　　　　　　　　　　　　　어떤 선택

었다. 아영은 떨리는 눈빛으로 노트북 가방과 승규를 번갈아 봤다. 승규가 저렇게 행동하는 이유를 알 것 같았다. 분명히 자신이 모르는 뭔가를 했다. 오늘만 넘기면 곧 주말이지만, 절반이 지난 오늘 하루를 다시 시작하고 싶었다. 이 하루의 원점으로 시간을 돌리고 싶다.

이제는 아영 회사의 PT발표 차례였다. 아영은 노트북 가방을 들고 자리에서 일어났다. 노트북 가방에 뭔가가 들어있는 건 확실했다. 그런데 만약 노트북이 들어있지 않고 다른 물건이 들어있으면 어떻게 하지. 아영은 그동안 살면서 여러 번 긴장된 순간을 맞이했지만, 그동안에 느꼈던 긴장의 순간들이 모두 가소로워 보일 정도였다.

PT발표 준비를 위해 연설대 쪽으로 이동한 아영은 바닥에 떨어진 HDMI 케이블을 챙긴 후에 노트북 가방을 탁자 위에 올려놓았다. 이대로 노트북 가방을 열기가 두려웠다. 이 안에 노트북이 들어있지 않으면 어떻게 해야 할까. 설령 노트북이 들어있다고 치자. 그런데, 노트북이 고장나 있으면 어떻게 하지.

아영은 노트북 가방을 열지 않고 다시 승규 쪽을 쳐다봤지만, 그는 고개를 푹 떨구고 있었다. 자신과 의도적으로 시선을 피하고 있다는 사실에 아영은 확신할 수 있었다. 승규가 자신을 속였고, 이 모든 건 경쟁업체를 무너뜨리기 위한 그의 계획이었다.

"빠른 진행을 부탁드립니다."

직원의 한마디에 아영은 노트북 가방의 지퍼에 손을 댔다. 이미 벌어진 일이니 어쩔 수 없었다. 동네 사람이어서 남들보다 훨씬 더 믿었고, 사실 그게 전부는 아니다. 승규와는 특별해질 수 있는 관계로 나아갈 수 있는 사람으로도 생각했기 때문이다. 그런데 그건 쌍방의 감정이 아닌, 한쪽의 일방적인 감정이었던 걸까.

가방의 지퍼를 열고 있는 아영의 손에서는 떨림이 멈추질 않았다. 다행스럽게도 눈에 보이는 건, 자신의 노트북이 맞았다. 아영은 안도의 한숨을 내쉬며 노트북을 꺼내 전원 버튼을 켜니 다행히도 노트북에 이상은 없었다. 그렇다고 해서 아영은 안심하지 않았고 서둘러 케이블을 노트북에 연결했다. 화면 창에 PT자료 파일이 열렸다. 설마, 가짜 파일이거나 아니면 파일이 바이러스에 감염되어 있지는 않을까. 의심은 점점 깊어져 갔고 떨리는 마음으로 아영은 파일을 열었다.

최악을 생각했지만 다행히 아무런 일도 일어나지 않았다. 아영은 주변을 둘러봤다. 승규의 모습은 어디에서도 찾을 수 없었다.

모든 회사의 PT발표가 끝났다. 최종결과는 다음 주에 통보될 예정이다. PT발표를 마친 뒤에 부사장은 아영의 자료가 군더더기 없이 깔끔했다며 칭찬했고 비서진들과 먼저 자리를 떠났다. 결과에 상관없이 이번 일을 무사히 끝냈다는 안도감에 아영은 저절로 미소가 지어졌다. 팀장은 다른 사람들과 인사를 하다가 아영 쪽을 봤다.

"미안한데 내 트렁크에서 명함 좀 갖다 줄래?"

이 자리에 있는 게 답답했던 아영은 차 키를 받아 그 누구보다 빠르게 밖으로 나갔다.

팀장의 지시로 차가 세워진 지상 주차장에 아영은 도착했다. 그런데 어디선가 고함소리가 들렸다.

"너 뭐 하는 놈이야!"

아영은 소리만 들려도 심각한 상황인 것 같아 잠시 화장실을 갔다가 다시 와야겠다고 생각했는데 익숙한 목소리가 추가로 들렸다.

"죄송합니다."

그 목소리를 들은 아영은 소리가 난 쪽으로 다시 다가갔고 차 뒤로 몸을 숨겼다. 승규와 그의 팀장이 서 있었다. 팀장의 폭언과 욕설이 이어졌고, 승규는 고개를 푹 떨구고 있었다. 승규가 계속해서 죄송하다고 말하자, 팀장은 무조건 죄송하다고 말하는 것에 더 화가 났는지 발로 승규의 정강이를 찼다. 분이 안 풀린 팀장은 담배를 물고 다시 승규의 정강이를 찼다. 팀장이 사라지고 나서 아영은 몸을 일으켜 세워 승규가 있는 곳으로 걸어갔다.

"괜찮아요? 일부러 보려고 한 건…."

"속여서 미안해요. 회사에서 시켜서 아니, 그것도 변명으로 들릴 거예요. 미안해요."

승규가 아영의 말을 자르고 말했다.

"실망은 했었죠. 하지만, 아무런 일도 일어나지 않았잖아요. 왜 회사 방침을 어긴 거예요?"

"나한테는 회사보다도 지금 앞에 있는 사람이 더 중요해서요."

후회할지도 모르지만 지금 승규의 마음은 그랬다. 승규는 더 이상 본인의 감정을 숨기지 않았다.

어떤 선택

거짓 출근

퇴근 후에 사람들이 만나는 시간은 저녁 6시 30분. 15분 남았다. 지하철에서 내린 세나는 빠른 걸음으로 개찰구를 빠져나와 물품보관함 앞에 섰다. 세나가 물품보관함에서 꺼낸 건 아침에 입고 나온 옷이었다. 잠시 후 옷을 갈아입은 세나가 화장실에서 나왔다. 별일 없었다는 듯, 세나는 도도하게 걸었다. 모두가 자신을 주시하고 있다고 그녀는 믿고 있었다. 세나는 도착 장소에 조금 늦게 도착했다. 인우가 왜 또 늦었냐면서 설명을 요구하는 표정을 지었다.

"빨리빨리 좀 다닙시다."

"갑자기 거래처에서 일 좀 처리해달라고 해서. 내가 없으면 회사가 안 돌아가! 지금도 계속 문자 오잖아. 직장생활 고단하다, 고단해."

세나는 자신이 매우 바쁘다는 것을 표현했다.

"언니는 진짜 회사에서 일 잘할 것 같아요. 누구와는 달리."

아영은 고개를 끄덕이며 일터에서 세나가 그 누구보다 똑 부러지게 일하는 모습을 떠올릴 수 있었다.

동네로 돌아가는 차 안에서 세나는 뒷좌석 중간에 앉았다. 퇴근했지만 세나의 얼굴은 홀가분해 보이지 않았고 운전하는 승규의 뒷모습을 봤다. 승규는 운전하면서 상사와 통화를 하고 있었고, 듣고 보니 집에 가서도 꽤 많은 일을 해야하는 것 같았다. 이번에 세나는 조수석에 앉아 있는 아영을 봤다. 자료를 읽고 있는 아영의 눈빛은 전혀 피곤해 보이지 않았고 확실한 목표가 있는 또렷한 눈빛이었다.

다들 퇴근했는데도 왜 이렇게 열심히 일하는 거야. 이 상황이 불만족스러운 세나가 옆에 있는 인우를 보니 핸드폰을 만지작거렸다. 역시 너는 회사 일에는 전혀 관심이 없구나. 그러면 그렇지. 예상한 대로인 것 같아 인우의 핸드폰을 슬쩍 봤는데 게임을 하는 게 아니었다. 인우 역시도 업무와 관련된 메일을 쓰고 있었다. 웃음기가 사라진 세나는 반대쪽으로 고개를 돌렸다. 하림은 노트북을 펴놓은 채 보고서를 작성 중이었다.

"회사 그만두고 싶지 않아?"

세나의 질문을 받은 하림은 고개를 저었다. 하림은 퇴사할 뻔한 고비를 넘긴 모습이었다.

"버텨보려고요!"

하림은 이어폰을 끼고 타이핑에 열중했다.

세나를 제외하고 모두가 퇴근 후에도 일을 하고 있었다. 세나는 같은 공간에 있었지만 소외당하는 느낌을 받았다. 혼자서 눈을 감았다. 자신은 오늘 하루를 성실히 보내지 못한 것 같은 기분이 들었고, 내일도 똑같은 하루가 반복될 것 같아 두려웠다.

집에 도착한 세나를 그녀의 엄마가 맞이했다. 세나는 식탁 위에 차려진 다양한 음식을 보며 잔뜩 얼굴을 찌푸렸다.

"저녁 간단히 먹는다고 했잖아? 왜 이런 걸 차리는 거야?"

"회사에서 고생하는데 잘해주고 싶어서."

세나의 짜증을 한두 번 듣는 게 아닌 그녀의 엄마는 자연스럽게 넘겼다.

"남들 다 다니는 회사가 무슨 벼슬도 아니고. 진짜 좀 적당히 해."

"좋은 회사 다니는 사람은 많이 먹어야 해. 앉아서 빨리 먹어."

세나는 의자를 확 빼며 심기가 불편하다는 것을 드러내면서 앉았다. 그녀의 엄마도 맞은편에 앉았고, 계란찜을 그릇에 담아 세나 앞에 놓았다.

"오늘 회사에서 안 좋은 일 있었니?"

"몰라, 회사 일은 묻지 마. 집에 와서도 회사 이야기하고 싶지 않으니까."

"그래, 알았어."

세나와 엄마는 말없이 식사했고, 세나는 오자마자 짜증을 낸 게 미안했는지 표정을 살짝 풀었다.

"아빠 병원은?"

"갔다 왔지. 네 아빠가 그래도 정신이 말짱할 때 너 취직한 거 봐서 정말 다행이야. 뭐, 이제 얼마 안 남았지만."

"장지는 알아봤고?"

"응, 넌 신경 쓰지 마. 회사 일로 바쁘잖아. 참, 회사에서 장례 지원 같은 건 해주지? 네 동창 알지? 걔네 엄마 만났는데 아저씨 그렇게 되고 회사에서 다 해줬다고 하더라."

세나는 뜨끔했다.

"몰라, 우리 회사는 그런 게 있는지."

"너희 회사가 규모가 더 크잖아? 당연히 있을 거야. 미리 알아봐."

거짓 출근

"알았어."

세나의 목소리는 기어들어 갔다. 식욕이 급격히 떨어진 세나는 먼저 자리에서 일어나 방으로 들어갔다. 세나는 바닥에 털썩 주저앉았다. 언제까지 이런 생활을 해야 하는 건지 앞이 막막했다.

다음날, 회사가 밀집해 있는 곳에 차량이 도착했다. 각자가 아침부터 중요한 일이 있는지 서둘러 회사로 향했다. 이들과 달리 세나의 행동은 굼떴다.

"언니! 회사 이쪽 방향 아니에요?"

아영은 다른 길로 가려는 세나를 불렀다.

"아, 커피 좀 사오려고."

"언니, 괜찮죠? 요새 좀 표정이 어두운 것 같은데. 아버님은 괜찮으세요?"

"응, 괜찮아."

"힘든 일 있으면 우리한테 꼭 말해요. 혼자서 처리하려 하지 말고."

아영은 전에 세나로부터 그녀의 아버지가 몸이 안 좋다는 이야기를 들어서 기억하고 있었다.

"고마워…."

"언니라는 사람을 알아서 좋아요. 회사에 언니 같은 사람

있으면 재밌을 것 같은데….”

“나? 상사로 만나면 피곤한 스타일이야.”

“그런가? 아무튼 이따 봐요.”

아영도 회사로 향했다. 모두가 근처에 있는 회사로 출근했다. 단 한 명, 세나를 제외하고는.

매일 그렇듯 세나는 역 안으로 들어와 물품보관함 앞에 섰다. 그 안에서 쇼핑백을 꺼냈고, 짐을 챙겨 화장실로 들어갔다. 얼마 후에 세나는 편안하게 옷을 갈아입고 나왔다. 세정거장 후에 세나는 전철에서 내렸고, 역으로 나와 도착한 곳은 바로 식당이었다. 이곳이 세나의 진짜 일터였다. 점심 장사를 위해 세나는 식당 청소를 했고 일을 시작한 시점은 동네 사람들과 함께 출근했을 때부터였다.

평소보다 무기력한 세나는 건성으로 청소했다. 다른 사람들은 번듯한 직장에서 가치 있는 일을 하였지만 자신은 청소나 하는 이 현실이 씁쓸했다. 부정적인 생각은 곧 행동으로 이어졌고 사장은 청소를 대충대충 하는 세나를 못마땅하게 쳐다봤다.

“세나 씨? 제대로 좀 합시다.”

“예….”

“하여간 말 진짜 안 들어. 마음 같아서는 당장 자르고 싶은

데 이 시간에 일할 사람도 없고. 어휴!"

사장은 혼잣말하며 꼴도 보기 싫은 듯 주방 안으로 들어갔다.

청소를 적당히 마친 세나는 잠시 의자에 앉아 멍하니 밖을 쳐다봤다. 핸드폰으로 메일과 문자를 계속 확인했지만 어디서도 합격 문자는 오지 않았다. 언제부터 이런 거짓된 삶을 살게 된 것일까.

취업에 도전했던 세나는 연거푸 낙방했다. 엄마 친구의 자식들이 취업했다는 소식에 세나는 의도치 않게 거짓말을 해 버렸다. 그 후 몇년 동안 세나는 회사에 다니는 척 도서관으로 출근해 이력서를 냈지만, 원하는 회사에는 취업하지 못했다. 백수 생활의 끝은 보이지 않았다. 세나의 고집도 한몫했다. 서울 중심지, 그리고 특정 기업에서만 일하고 싶었다.

주변 사람들로부터 세나는 첫 직장을 선택하는 게 중요하다고 들었다. 시작이 잘못되면 악순환이 계속 이어진다는 그들의 충고가 맞는 것 같았다. 세나는 그동안 공부한 시간도 있었다. 스스로 타협해 눈을 낮추고 싶지 않았다. 하지만 현실은 나이만 먹고 직장인인 척 행세하는 꼴이 되어 버렸다. 그렇게 몇년 동안 도서관에서 공부만 하던 세나는 모든 걸 포기하고 싶었다. 취업도 그랬고, 삶도 그랬다.

자주 가던 직장인 커뮤니티에서 함께 출퇴근할 인원을 모집하는 글을 발견했다. 평소 동경하는 회사에서 일하는 사람들은 도대체 어떤 사람이길래 그 회사로부터 선택을 받았는지 알고 싶었다.

함께 출퇴근하면서 세나는 의도적으로 까칠하게 사람들을 대했고, 직장인도 아닌데 출퇴근하는 시간이 아깝다고 생각해 그만두려 했다. 하지만 세나는 사람들을 보면서 활력을 얻었고 무기력함에서 벗어날 수 있었다. 자신보다 나이도 어린 친구들이 성실히 일하는 것을 보면서 뭐라도 해야만 할 것만 같았다. 공부만 했던 세나가 처음으로 아르바이트를 한 이유도 그래서였다.

11시가 조금 넘어서자, 식사하기 위해 사람들이 들이닥쳤다. 주방에 있는 사장은 식당 안에 있는 대기용 의자를 보며 한숨을 쉬었다.

"세나 씨! 의자 내놓으라고 했잖아요. 진짜 당신은 날 너무 힘들게 해."

"예…."

건성으로 대답한 세나는 잔뜩 인상을 쓰며 의자를 밖에 내놓았는데 두 눈이 커졌다. 이쪽으로 걸어오는 두 남녀는 바로 승규와 아영이었다.

두 사람이 본격적으로 이제 만나는구나. 아니, 그보다 지금 자기 모습을 들켜선 곤란했다. 세나는 두 사람이 보기 전 식당 안으로 들어왔다. 문밖으로 두 사람의 움직임을 주시했다. 제발, 지나가라. 제발 지나가. 여기 식당은 내가 일하지만 진짜 맛도 없고 위생적이지도 않아. 게다가 사장은 아주 형편없는 인간이고 식자재도 싼 것만 찾아서 품질이 형편없어 너희가 음식을 먹으면 병 걸릴지도 몰라.

이곳에서 일하는 것을 들키면 얼마나 망신일지 세나의 얼굴에 땀이 맺혔다. 승규와 아영은 다행히도 음식점을 지나쳐 갔고, 안에서 그 모습을 살피던 세나는 안도의 한숨을 내쉬었다. 조만간 이곳에서 일하는 것을 그만둬야겠다고 마음을 먹었을 때 열리지 말아야 할 문이 열렸다.

"여기 영업하죠?"

익숙한 목소리의 주인공은 승규였다.

세나는 심장이 덜컹 내려앉았다. 뒤에 있는 승규와 아영에게 이 추한 모습을 들키는 건 생각만 해도 끔찍했다. 세나는 손님을 맞이하지 않고 빠른 걸음으로 주방으로 들어가 유니폼을 벗었다.

"세나 씨, 뭐 하는 거야?"

"저, 그만둘게요."

"뭐라고요?"

"갑니다."

"아니, 지금 뭐하자는 거야?"

사장은 세나의 손을 잡았지만, 세나는 뿌리치고 뒷문으로 나갔다. 사장의 욕설이 들렸지만, 세나는 무시해 버렸다. 사람들에게 이런 거짓된 모습을 보여주고 싶지 않았다.

식당을 뛰어나오면서 세나는 승규와 아영에게 들키지 않아 다행스러웠지만, 그곳을 벗어나니 우울감이 몰려왔다. 나는 왜 이렇게까지 한 걸까. 거짓으로 지탱하는 삶이 의미가 있는 걸까. 삶을 포기하고 싶다는 생각이 세나의 머릿속을 차지했고, 그러한 생각은 아무에게도 표현하지 않았지만 분명 오래전부터 생각하고 있었다.

ㅇ ㅇ ㅇ

아침에 가장 늦게 도착한 건 세나였다. 같은 동네만 아니었으면 연락을 끊고 잠수를 타려고 했었다. 나이만 먹고 일하지 않는 사람은 하루하루를 성실하게 살아가는 자들과 어울릴 자격이 없다. 오늘까지만 이런 생활을 하고, 조용히 사라질 것이다. '영원히'가 될 수도 있다. 그렇게 세나는 평소

　　　　　　　　　　　　　　　　　　　　거짓 출근

보다 거칠게 운전했고 아영은 그런 세나를 예의주시했다.

며칠 전, 아영은 승규와 함께 식당에 들어섰을 때 그곳에서 일하는 세나를 봤다. 세나는 뒤로 돌았기 때문에 자기 모습을 들키지 않았다고 생각했을지 모르지만, 거울이 세나의 모습을 비췄다. 승규가 어떻게 된 일인지 물어보려고 하는 순간, 아영은 승규의 입을 막았고 그녀가 완벽히 모습을 감출 수 있도록 기다렸다.

"우리가 똑같은 사람을 본 게 맞죠? 왜 여기서 일을 하는 거지?"

"말하지 못할 이유가 있을 거예요. 각자의 사정이 있으니까."

"가짜로 회사에 다니는 척했던 거라면, 왜 굳이 우리랑 함께 어울리려고 했던 걸까요? 본인 시간과 돈을 쓰면서까지."

승규가 이해할 수 없다면서 빈 곳으로 가서 앉았다. 아영은 부쩍 말수가 줄었고 뭔가를 생각했다. 아영은 세나의 모습에서 잊고 싶지만, 잊을 수 없는 오래전 지인 한 명이 떠올랐다.

취업이 되고 나서 아영은 동기들과 회사 근처의 식당을 찾았다. 왜 그곳에서 동창이 일하고 있는 건지 아영은 두 눈을 의심했다. 동창과 아영은 동창 그 이상의 관계였다. 친한 친구 중 하나였으니까. 동창의 실수였는지 아니면 진심이었는지 모르겠지만 과거에 동창이 했던 말은 아영에게 상처로 남아 있었다. 지방대 나온 사람들하고는 별로 어울리고 싶지 않아. 수준 차이가 나서 말이야. 같이 어울리던 무리 중에 지방대 나온 사람은 아영뿐이 없었다.

그때 왜 아영은 아무 말도 하지 못했는지 후회스러웠다. 잘못한 게 하나도 없는데 왜 죄를 지은 사람처럼 고개를 푹 숙이고 있었을까. 당시 동창은 무시를 넘어 자신을 하대하고 있었다. 비참했던 그 기억은 가끔 꿈에 나타나기도 했다. 언젠가 동창을 만나면 되갚아 주려고 마음먹고 있었다. 특히 모두가 부러워하는 회사에 입사하고 나서는 더더욱 동창을 만나고 싶어 수소문해 보았지만, 동창에 대한 소식은 듣지 못했다. 그 동창이 해외로 나갔다는 소문도 있었는데 현실은 허름한 식당에서 아르바이트생으로 일하고 있었다.

아영의 존재를 인식하고 현재 자신의 상황이 매우 창피한지 동창은 아영을 지나쳐 가려고 했다. 아영은 동창을 따라가 그녀 앞에 섰고 일부로 망신을 주기 위해 큰 소리로 말했다.

"그렇게 잘난척하더니 이게 너의 현실이었니? 좋은 대학 나오면 뭐 해? 취업도 못 하는 주제에."

그 말을 듣고 나서 동창은 말없이 자리를 피해 일에만 전념했다.

　아영은 자리에 앉아 식사하면서 동창을 봤다. 왜 가만히 있는 걸까. 내가 알고 있는 너의 성격이라면 나한테 들이박았을 텐데. 동창은 전혀 타격이 없는 듯 일하면서 간간이 아영 쪽을 쳐다볼 뿐이었다. 아영은 밥이 넘어가질 않았고 저러한 눈빛을 보내는 의도를 파악하기가 힘들었다. 설마 이곳은 동창의 친척이 운영하는 가게여서 잠시 도와주고 있는 걸까. 아영은 시원하게 복수했다고 생각했는데 찜찜한 기분을 털어낼 수 없었다.

　며칠 후에 아영은 다른 동창으로부터 문자를 받았다. 식당에서 만났던 동창이 여러 기업이 밀집된 지역에서 투신자살했다는 것이다. 평소 취업 스트레스로 인해 세상을 포기한 것이 자살의 이유였다. 소식을 듣고 나서 한동안 아영은 멍해 있었고, 왜 그런 말을 내뱉었는지 미치도록 후회했다.

　그 친구의 죽음을 극복하는 데 오랜 시간이 걸렸다. 그 일로 인해 아영은 다른 사람이 어떤 생각을 하는지, 어떤 감정을 가졌는지 주의 깊게 보기 시작했다.

　아영은 차에서 내리는 세나를 봤다. 평소보다 얼굴은 푸석했으며 눈에서도 생기가 없었다. 세나의 심리상태가 매우 불안해 보였고, 아영은 함께 점심을 먹어야겠다고 마음먹었지만, 직장 상사의 약속 문자를 받아 마음속 품은 말을 할 수가 없었다. 저 멀리 힘없이 걸어가는 세나의 모습이 눈에 들어왔다. 아영은 이름을 부르려다가 그만두었다.

○ ○ ○

그날 일찍 식사를 마친 아영은 혼자서 카페를 찾았다. 점심은 직장 상사들과 함께 한 자리였다. 그 자리에서 아영은 기분 좋은 칭찬을 들었고 회사에 대한 애사심이 더욱 생겼다. 회사가 좋든 싫든, 부족한 자신을 채용해 꼬박꼬박 월급을 주고 있으니까. 게다가 오늘은 금요일이다. 조금만 버티면 직장인 신분을 벗어날 수 있는 합법적인 시간이다.

카페에서 창밖으로 지나가는 사람들도 금요일이라 그런지 평소보다 분명 활기가 넘쳤고 거리에서는 서로가 서로를 배려하는 분위기가 느껴졌다.

커피를 한 모금 마시면서 아영은 가방에서 핸드폰을 꺼냈다. 나의 삶이 행복한 것도 중요하지만 주변 사람들, 그리고 최근에 알게 된 사람들도 함께 챙기고 싶었다. 세나에게 전화를 했지만 핸드폰은 꺼져 있었다.

배터리가 부족하지 않다면 특별히 전원을 꺼놓은 이유가 있을까. 만약 핸드폰을 꺼놓아야만 하는 이유가 있다면, 그건 한 가지 이유일지도 모른다. 느낌이 이상한 아영은 창밖을 보는데 바닥에 뭔가 쿵, 소리가 나며 떨어졌다.

이어서 지나가던 사람들의 비명 소리가 들렸다. 자리에서 일어난 아영은 카페 밖으로 나와 뭔가가 떨어진 곳으로 급히 뛰어갔다. 다시 세나에게 전화를 걸었지만 여전히 핸드폰은 꺼져 있었다. 아영은 자꾸만 이상한 생각이 들었다. 설마, 세나가 옥상에서 뛰어 내린 건 아니겠지. 절대로 아닐 거야.

많은 직장인들이 하루하루를 힘겹게 살아가고 퇴사를 고민한다. 하지만 일을 하는 사람보다도 더욱 안타까운 처지에 놓인 사람들은 일을 하지 않고 있는 사람들일지도 모른다. 수많은 사람이 이 주변을 왔다 갔다 하지만, 최근에 가장 심적으로 불안한 사람은 단연코 세나일 것이다.

동창이 생사의 기로에 놓여있을 때 오히려 그녀의 심리적인 부분을 무너뜨린 것에 대해 아영은 죄책감을 가지고 있었다. 이번에도 자신은 세나의 감정을 어느 정도 읽고 있었지만 제대로 챙기지 못한 것 같았다.

이미 사람들은 뭔가가 떨어진 곳에 모여 있었다. 그곳에 도착한 아영은 살짝 의아한 표정을 짓고 있는 사람들의 시선을 따라가 바닥에 떨어진 것을 보니, 그건 바로 마네킹이었다. 그것을 보고 아영은 안도의 한숨을 내쉬었다. 주변에 있던 사람들은 누가 이런 장난을 했는지 영문을 모르겠다는 표정을 지었다.

아영은 마네킹을 다시 살폈다. 어디선가 본 것 같았다. 며칠 전부터 차 안에 세나가 넣어두었던 마네킹과 같았다. 아영은 아직 안심하기 이르다는 것을 알았다. 다음에는 진짜로 사람이 떨어질 수도 있었고, 그건 바로 세나가 될 수도 있는 것이었다.

이대로 있을 수 없다. 아영은 마네킹이 떨어진 건물 위를 쳐다봤다. 그 위에 사람의 얼굴이 보이는 것 같았다. 아영은 서둘러 사람들에게 전화했다. 다행히도 이들은 근처에 있어 금방 빌딩 앞으로 모였다. 사태의 심각성을 들은 사람들은 빌딩 안으로 함께 들어갔다.

옥상에 아영과 사람들이 도착했을 때 예상대로 세나가 옥상 난간 앞에 서 있었다.

"언니, 무슨 생각 하는 거예요? 빨리 그곳에서 내려와요."

아영의 목소리는 다급했다.

"제발, 이상한 생각하지마!"

거짓 출근

인우의 목소리도 떨렸다.

"내려오세요. 왜 이러는 거예요?"

하림도 다급하게 말했지만, 세나는 자신의 다음 행동을 멈출 생각이 없어 보였다.

"떨어지면 어떤 기분일까? 오히려 편하지 않을까?"

창백한 낯빛의 세나가 정말로 뛰어내릴 것 같아 아영, 인우, 하림까지 그녀를 말리기 위해 그쪽으로 다가가려고 했다. 그러자 세나는 오지 말라면서 난간 위에 올라가려고 했다.

"다가오지 마! 이딴 인생은 필요 없어. 왜 그런 눈빛으로 보는 건데? 나를 동정하는 눈빛으로 보는 너희가 더 나빠. 왜 올라온 거야? 너희는 그냥 이 상황을 연기하는 거잖아. 나 같은 사람은 없어도 되는 존재인데."

세나는 사람들을 향해 빨리 꺼지라고 했다. 다른 사람들과 달리 승규는 이 상황을 관망하듯 보고 있었다.

"나이만 많이 먹었고 생각은 진짜 어리네."

왜 승규가 그런 말을 했는지 아영은 그를 쏘아봤다.

"이 씨…."

세나는 뭔가 분한 표정으로 쳐다봤다.

"포기할 거면 포기해요. 떨어지는 사람 두 눈으로 직접 보는 것도 새로운 경험이 될 거니까."

"너! 이 씨."

"점심시간 끝나가니까 할 거면 빨리하라고. 당신 보면서 나는 절대로 저러지 말아야겠다는 생각이 확 드네. 고마워요. 퇴사하고 싶었는데 당신 때문에 잠시 그 생각 접고 조금 더 열심히 회사 다녀야겠네요."

승규는 이 상황에 전혀 관심 없는 듯 시종일관 똑같은 태도를 유지했다.

"무슨 말을 하는 거냐고요!"

아영은 거칠게 화를 내며 승규를 밀쳤다.

"진짜, 떨어진다."

"마음대로 해요. 질질 끌지 말고. 이제 집에 갈 때 한 명 없으니까 자리도 넓어서 편하겠네. 순간의 감정에 흔들려서 인생 포기하려는 사람들 보면 참 한심해."

그 말을 들은 세나는 분한 얼굴로 승규를 보더니 난간에서 내려왔다.

"야! 너 이리로 와!"

세나는 다리에 힘이 풀려 걷기도 힘들었다. 그 사이 사람들이 세나 쪽으로 다가가 두 번 다시는 그런 짓 하지 말라며 쓴소리했다.

거짓 출근

"왜 나를 위해서 이러는 거야? 난 일도 안 해서 니들 인생에 그다지 도움도 안 되는 인간인데."

세나가 자책하자 왜 그런 말을 하냐며 아영이 위로했다. 승규도 그쪽으로 슬쩍 다가가 말했다.

"사람 사귀는데 일하고 안 하고 그게 뭐가 중요해요."

승규가 몸을 숙여 세나의 어깨를 두드렸다. 세나는 신발을 벗어 승규 쪽으로 던졌다. 그건 승규가 미워서가 아니었고 고마움을 표현하는 세나만의 방식이었다.

출퇴근 종료

주말에 세나는 엄마와 함께 동네 카페로 바람을 쐴 겸 나왔다. 마음 같아서 집에서 꼼짝도 하기 싫었지만, 엄마의 성화에 못 이겨 어쩔 수 없이 밖으로 나왔다. 아빠가 병상에 누워 있어 매일 간호하는 엄마는 심신이 잔뜩 지쳐 있어 잠시나마 카페에서 커피를 마시는 게 유일한 낙이었다. 세나는 마음이 무거워 독한 커피가 전혀 쓰게 느껴지지 않았다. 탁자 위에 올려놓은 엄마의 핸드폰에서 드르륵 진동 소리가 울렸다. 전화가 온 곳은 병원이었다. 엄마가 전화를 받았고 통화는 바로 끝났다.

"네 아빠 갔다고 하네. 고생했다."

이미 끝을 알고 있던 엄마는 덤덤하게 대처하려고 노력했다.

"너희 회사에 연락해서 장례식 절차 도와달라고 해."

"엄마, 할 말이 있어."

세나는 마음이 불편해서 더 이상 속일 수 없었다.

"나중에 하자. 빨리 회사에 전화해서 알려드려."

엄마는 간신히 감정을 조절하고 있었다.

"지금 해야 할 것 같아. 그동안 모두 거짓말이었어. 취업 못 했어. 한 번도 한 적 없어."

"뭐?"

"회사 다니고 있다는 거 다 거짓말이야. 나 회사에 다녀본 적이 없어."

"너…. 도대체 왜 나한테 이러는 거야? 네 아빠가 딸 회사 취업했다고 얼마나 좋아했는데. 왜 이러는 거냐고….."

"남의 눈을 의식해서 그랬어. 진짜 미안해."

거짓말을 한 세나가 원망스러운 엄마는 세나를 때리기 시작했다.

카페 밖에서 그 모습을 지켜보던 승규는 다른 사람들에게 연락해 세나 아버지의 부고를 알렸다.

장례식장에서 상복을 입은 세나가 조문객을 반겼다. 세나는 아빠의 영정사진을 제대로 볼 수 없었다. 거짓된 삶을 살아온 것에 대해 끝내 아빠한테 말하지 못했다는 사실이 후회스러웠다. 엄마는 넋이 나간 상태로 앉아 있었다. 남편의 죽음보다도, 세나가 백수인 것이 믿겨지지 않는 모습이었다.

세나는 온전히 아빠의 죽음을 슬퍼할 수 없었고, 외부의 시선과 싸워야 했다. 조문객들은 장례식장에서 세상을 떠난 사람들에 대해 이야기하는 것뿐 아니라 그 자식이 어떻게 살고 있는지에 대해서도 이야기하니까. 직업은 무엇인지, 그리고 어느 회사에 다니는지. 엄마가 걱정 하는 부분도 여기에 있었다.

아빠는 택배일로 가족을 책임졌기에 인맥이 그리 넓은 편은 아니었다. 그래서 엄마는 세나가 대기업에 다니고 있으니, 직장동료들이 장례식에 와주길 기대했지만 이제 그런 소망은 이루어지지 않을 것이다. 대기업에 취직한 딸이 사실은 출퇴근 흉내를 내는 백수니까.

가장 화환이 적은 썰렁한 장례식장이 될 것 같아 세나는 밖으로 나가기가 두려웠다. 그런데, 세나의 예상과는 다르게 장례식장 앞에 생각보다 화환이 많았다.

지금도 배달 기사가 막 화환을 놓고 갔다. 세나는 아무리 봐도 이렇게 많은 화환이 올 리 없다고 생각해 띠를 확인했다. 화환을 보낸 사람들의 이름을 확인하고 나서 구겨졌던 세나의 얼굴이 조금씩 풀렸다. 출퇴근을 같이할 자격조차 획득하지 못한 사람. 왜 그들은 그런 사람을 배척하지 않는 걸까.

같이 출퇴근했던 아영, 승규, 그리고 인우와 하림까지 모두가 엄마를 위로하며 향을 피우고 절했다. 그 모습을 고맙게 보던 세나는 몇 통의 문자를 받았다. 몇몇 사람들에게 아버지의 부고 소식을 알렸지만 모두 못 온다는 답장뿐이었다.

○ ○ ○

사람들이 어렵거나, 사무실 공간이 답답하지 않았다. 마음가짐을 새로 한 하림은 사무실에서 사람들을 지나치게 의식하지 않고 당당하게 행동하려고 노력했으며, 어떤 의견이 생기면 눈치 보지 않고 가감 없이 말했다. 이런 하림의 모습을 선배들은 더 반겼다.

팀에서 인정받게 되니 본의 아니게 업무가 늘었다. 오후 업무에 돌입한 하림은 일을 하면서 또 하나 신경 써야 할 게 있었다. 바로 자신의 옆에 앉아 있는 신입사원이다.

이제 입사한 지 막 1달이 넘은 신입 여직원은 회사생활 적응에 어려움을 겪고 있는 것 같았다. 지금 막 팀장이 신입을 불러 왜 그렇게 메일을 보냈느냐며 한소리를 했다. 하림이 보기에 팀장이 아주 심한 말을 한 것은 아니었다.

하지만, 신입의 얼굴에서는 단지 메일 하나 잘못 보낸 것을 가지고 왜 혼내는지 이해를 못 하겠다는 표정이었다. 한때는 하림도 혼이 나면 저런 표정을 짓고 있었던 것 같았다. 자리로 돌아온 신입의 얼굴은 잔뜩 굳어 있었다. 하림은 그 누구보다 신입의 심정을 꿰뚫고 있었다. 지금이 가장 생각이 많고 힘든 시기라는 것도.

처음 한 달은 회사 적응기라 사람들이 챙기고 호의를 베풀지만, 한 달이 지나면 평가대상이 된다. 신입의 표정이 점점 어두워져 가고 있어 하림은 신입과 함께 잠깐 바람을 쐬려고 했지만, 과장이 급히 불러 그쪽으로 갔다. 과장이 지시하는 업무와 관련된 이야기를 들으며 하림은 중간중간 신입의 모습을 살폈다.

일이 많고 정신이 없어 오랜 시간 자리를 비웠다. 하림은 탕비실에서 커피를 내리고 자리로 돌아왔을 때 신입은 자리에 없었다. 설마 화장실에서 울고 있는 건 아니겠지. 다시 전화가 울려 하림은 통화를 했다. 시간이 꽤 흘렀는데 신입은 자리로 돌아오지 않았다. 화장실을 간 게 아니라면 다른 직원이 불러 함께 나간 걸까. 하림은 자리에서 일어나 주변을 쓰윽 봤지만 그럴 가능성은 낮아 보였다.

신입의 자리가 어딘지 허전해 보였다. 하림은 항상 신입이 들고 다녔던 가방이 없는 것을 확인했다. 신입이 가방을 챙기는 건 퇴근을 할 때뿐인데. 궁금증이 커지고 있을 때 동기가 문자를 보내왔다. 하림은 나중에 확인하려고 했지만 동기가 연속적으로 문자를 보내 어쩔 수 없이 확인했다.

문자 내용은 외근 나갔다가 복귀 중인데 신입이 지금 버스 정류장에 있다는 이야기였다. 하림에게 처음 생긴 후배였다. 퇴사를 결정하는 건 그의 자유이겠지만, 잘못된 방법을 시도하려는 것을 막고 싶었다. 하림도 같이 출퇴근했던 사람들에게 도움을 받았으니까.

버스 정류장에 하림은 도착했다. 신입은 깜짝 놀라며 하림과 눈을 마주치지 않고 이쪽으로 오고 있는 버스를 초조하게 바라봤다.

"어디 가는 거예요?"

"더러운 회사 관두려고요. 선배님은 너무 좋지만, 다른 사람들이 정말로 짜증 나서요."

신입은 발을 동동 구르며 코앞에 있는 버스가 느릿느릿하게 오는 게 마음에 들지 않았다. 지옥 같은 이곳을 빨리 떠나

출퇴근 종료

고 싶어 하는 것 같았다.

"그래도 말은 하고 퇴사를 해야죠."

하림은 안타까운 표정으로 신입을 봤다. 충동적인 결정은 후회로 돌아올 뿐이다.

"팀장 면상도 보기 싫어요. 신입이 실수를 하면 잘 달래주고 넘어가야지, 꼬치꼬치 잔소리 하고 무시하고."

"그렇게 생각할 수 있어요, 충분히. 근데, 이렇게 말도 없이 퇴사하면 후회하지 않을까요?"

하림은 마음 같아서 더 하고 싶은 말이 있었지만, 버스가 이미 정류장에 도착했다.

"사직서 쓰고 절차 기다리는 건 옛날 퇴사방식이고요. 요새는 이렇게 해도 될 것 같아요. 빠르고 간편하잖아요."

신입은 버스를 타려고 했다.

"그래, 알겠어요. 아쉽네요. 내 첫 후배였는데."

하림은 더 이상 말하지 않고, 버스를 타려는 신입의 팔을 두드렸다. 신입은 어떠한 망설임도 없이 버스에 올라탔다. 버스가 출발했다. 신입은 창밖으로 자신을 보고 있는 하림과 눈이 마주쳤다. 고작 한 달 정도만 본 자신을 왜 끝까지 챙겨주는 걸까.

사무실로 돌아온 하림은 아까와는 달리 공기가 무거워진

것 같았다. 한 사람이 떠났을 뿐인데 공허함이 느껴졌다. 심기 불편해 보이는 팀장이 신입을 찾았다. 누군가 답해야 했고 팀원들은 일제히 하림을 쳐다봤다. 어떻게 대답해야 하는 걸까. 솔직하게 말해야 하는 걸까. 신입을 제대로 챙기지 못했다는 화살이 자신에게 돌아오는 건 아닐까.

"커피 드세요."

하림은 놀라서 뒤를 돌아봤다. 신입은 양손에 든 커피 캐리어를 책상 위에 올려놓고 팀원들에게 커피를 하나씩 건넸다. 신입은 마지막으로 하림에게 커피를 건네며 말했다.

"선배님, 다시 잘해 볼게요."

◦ ◦ ◦

회사 내 산업스파이를 잡는 데 혁혁한 공을 세운 인우의 얼굴은 결코 편해 보이지 않았다. 우선 인우에게 주변 환경이 낯설었다. 그동안 출근을 했던 장소가 아니었다. 인우는 거리를 걸으며 습관적으로 괜찮은 사람이 있는지 둘러보다가 명함을 주고 싶은 사람이 보여 상의 안 주머니에서 새 명함을 꺼내려다가 그만뒀다.

선배, 동기들은 승진하고 부서 이동까지 한 인우를 부러워

했다. 새롭게 일하게 될 감사팀은 대표이사 직속 부서여서 사람들의 부러움을 산 것. 남들보다 빠르게 승진한 인우는 연봉이 올라서 좋긴 했지만 감사팀 소속이라는 것이 부담스러웠다. 자신을 제외하고 대부분 직급이 높은 것도 그랬고, 특히 가장 마음에 걸리는 건 감사팀은 행동거지를 조심해야 한다는 충고를 들었기 때문이다. 더는 명함을 마구잡이로 뿌리는 게 어렵게 된 사실에 인우는 목에 걸고 있는 넥타이가 답답하게 느껴졌다.

회사 건물 10층에 도착한 인우는 무거운 마음으로 노크를 하고 감사실로 들어갔다. 감사팀장인 전무는 예상했던 대로 감사팀은 결코 다른 부서로부터 환영받는 존재가 아니기에 매사에 신중하게 행동해야 한다는 고리타분한 이야기를 했고, 점심도 혼자 먹거나 감사팀 사람들끼리 먹으라고 했다. 불과 몇 시간 만에 인우의 얼굴이 부쩍 수척해져 있었다.

인우는 이곳이 자신이 있어야 할 곳이 아닌 것 같아 건성으로 대답했다. 할 말을 다 마친 팀장이 1층으로 내려가 커피를 사오라고 시켜 인우는 법인카드를 챙겨 밖으로 나왔다. 몇 번을 생각해봐도 여기는 오래 있을 곳이 아니었다. 차라리 승진을 취소하고, 월급도 적게 받을 테니 예전 부서로 돌아가고 싶었다. 인우가 엘리베이터가 오기를 기다리는

데 옆 비서실에서 문이 열리고 그곳에서 일하는 비서가 나왔다. 침울했던 인우의 얼굴이 화색으로 바뀌었다.

"안녕하세요! 이번에 감사팀으로 새로 온 이인우라고 합니다."

인우가 자신감 넘치게 말했다. 우울했던 이 공간이 화사해지는 건 기분 탓일까.

"반가워요. 알고 있어요. 지난번에 창립기념일에서 상패 받으셨죠?"

"어! 맞아요."

인우의 얼굴에서 화색이 돌았다.

"그때 인상이 좋다고 느꼈었는데 여기서 뵙네요."

비서는 형식적으로 하는 말이었지만 인우는 벌써 호감표시로 받아들이고 질문했다.

"집이 어디세요?"

"말해도 잘 모르실 텐데 여기서 아주 멀어요."

비서가 동네를 알려주자, 인우는 박수를 치며 좋아했다.

"그거 아세요? 우리 집에서 10분 거리에요!"

인우는 머릿속으로 계획을 급히 세우기 시작했다.

"정말요? 출퇴근하시기 힘들죠? 저는 그래서 이 근처로 집 알아보고 조만간 계약하려고요."

"그건 좋지 않을 것 같아요. 여기 근처 월세가 많이 비싸고 그 돈 나가는 거 아깝잖아요."

"그렇죠. 그 점 때문에 계속 고민은 되는데.."

비서는 계속 생각이 바뀌고 있는 것 같았다.

"저랑 함께 출퇴근하시죠? 제가 최근에 차를 샀거든요! 픽업해서 갈게요."

인우는 차가 없었다. 그러나 이제 차를 사야 할 시기가 온 것 같았다. 운전에 적응도 되었고 잘해 보고 싶은 사람도 생겼기 때문이다. 인우는 이곳이 마음에 들었고, 이곳에 오길 잘한 것 같았다.

○ ○ ○

회의실에서 승규는 인사팀장과 마주 앉았다. 승규는 인사팀에서 자신을 부를 것이라 이미 예상하고 있었다. 상사가 시킨 일을 제대로 수행하지 못한 자는 회사의 중심에서 멀어지는 것은 당연한 일이었다. 회사의 중심에서 벗어나면, 다시 돌아올 수 없다는 것 역시도 받아들여야만 했다.

"부산으로 출근하면 될 거야."

인사팀장의 통보였다.

"알겠습니다."

"더 궁금 한 건 없고?"

인사팀장은 승규가 어떤 말도 하지 않고 마냥 수용하고 있는 점이 이상했다.

보통 지방으로 인사발령을 받은 사람들은 자신이 내려갈 수 없는 이유를 부풀려서 설명하거나 강하게 항의하며 절대로 내려가지 않으려고 발버둥 쳤다. 인사팀장은 무척 평온해 보이는 승규의 다음 행동을 예상해봤다. 어떤 결심을 했는지 짐작이 갔다.

"퇴사할 생각은 아니지?"

"예, 아닙니다."

"그래? 좌천당했다고 생각하지 마. 또 어떻게 바뀔지 모르니까."

"아니요. 오히려 이곳을 벗어나게 해주셔서 감사합니다."

승규는 홀가분했다.

"어떤 이유에서?"

인사팀장은 의외의 답변이라 살짝 인상을 썼다.

"썩은 물이 넘치는 곳에서는 일하고 싶지 않았거든요."

승규가 참았던 말을 하자 인사팀장은 아직도 어리구나, 라는 표정으로 봤다.

출퇴근 종료

"그 사람들도 깨끗한 물이었어. 살기 위해 썩은 물이 된 거야. 깨끗한 것만 찾다 보면 회사 생활 오래 못한다."

인사팀장은 자리에서 일어나려고 할 때, 승규는 사원증을 벗어 인사팀장에게 건넸다. 승규는 취업하기 전 가장 고려했던 것이 회사 규모, 연봉이 아닌 바로 서울 중심지 안이었다. 그 안에서 일을 하고, 언젠가는 가장 땅값이 비싼 지역인 이곳에서 거주지를 마련하고 싶다는 생각으로 회사를 다녔다.

승규는 어떻게든 이 안에서 버티려고 했던 지난날의 기억들이 떠올랐다. 이곳에 다시 돌아올 수 있을지 모르겠지만, 다시 돌아오려면 꽤 오랜 시간이 걸릴 것 같았다.

◦ ◦ ◦

해외 출장 일정이 생긴 아영은 토요일 오후에 여행용 가방을 끌고 정문 앞으로 나왔다. 이미 차를 끌고 와서 기다리고 있던 승규가 손을 흔들었다. 승규가 차로 데려다준다는 제안을 아영은 처음에 거절했지만, 그 이후에 승규의 설명을 듣고 나서 거절을 철회할 수밖에 없었다.

승규가 곧 이 동네를 떠나 지방으로 내려간다. 차로 이동하는 내내 두 사람은 말이 없었다. 어색함보다는 섭섭함이 더 컸다. 말없이 운전하던 승규는 가라앉은 분위기를 바꿔야겠다고 마음먹었다. 좋은 일로 출장을 가는 사람한테 어두운 기운을 전파하고 싶지 않았다.

"들어올 때 선물 사와야 해요. 이제 이 동네 안 산다고 잊으면 매우 섭섭할 겁니다."

"생각 아예 안 하고 있었는데."

아영은 어떤 상황에 승규가 놓여있는지 알고 있었지만 평소처럼 대했다.

"섭섭한데요. 그래도 우리 몇 개월 동안 같이 출퇴근한 사인데."

"하는 거 봐서요."

아영은 살짝 미소 지었다. 승규는 회사에서 밀려나 지방으로 내려가는데도 자신의 기분을 맞추려고 노력해줘서 고마웠다. 회사로부터 통보를 받고 승규도 마음을 다시 잡기까지 쉽지 않았을 텐데 그는 단 한 번도 내색하지 않았다.

"동네를 떠나지만, 계속 만날 수 있을까요? 여럿이 아니고, 단 둘이서요."

승규는 조심스럽게 질문하고 아영의 긍정적인 답변을 기대하고 있는 것 같았다.

"모르겠어요. 현실적인 사람이잖아요? 장거리는 서로가
힘들다는 것을 잘 알고 있을 테고요."

"현실적인 사람이 되고 싶지 않아요, 아영 씨 앞에서는."

"오늘은 답변하기 어려울 것 같아요. 출장 갔다 오면 답을
할 수 있을 것 같아요."

공항에 도착한 아영은 차에서 내렸다. 승규가 트렁크에서
가방을 꺼냈고, 아영에게 악수를 청했다. 아영은 손을 잡았
고, 둘은 서로를 보면서 웃었다.

○ ○ ○

승규가 새로운 곳에서 일하게 된 지도 한 주가 지났다. 토
요일이었지만 편히 쉬지 못하고 역 앞으로 나오는 신세가
처량하게 느껴졌다. 어떻게 한 주가 흘러갔는지 모를 정도
로 정신없이 바빴던 한 주였다. 피곤이 쌓여 오늘은 푹 쉬려
고 했으나 현실은 그럴 수 없었다. 어제 저녁에 동기가 이곳
으로 애인과 놀러 오니 마중을 나오라는 것이었다. 승규는
과거에 도움을 받은적이 있어 거절할 수가 없었다.

시간이 꽤 흘렀는데 동기는 오지 않았다. 계속 기다리던
승규는 약속 시간이 30분이 지났다는 것을 알고, 서서히 한

계점이 찾아오고 있었다. 승규는 화를 간신히 참으며, 바닥에 떨어져 있는 음료수 캔을 발로 세게 찼다. 캔이 떨어진 곳에 사람들이 걸어오고 있었다. 인상을 쓰고 있던 승규의 얼굴이 점점 펴졌다.

"약속 시간 안 지키니까 짜증 많이 나 있네? 시간 강박을 좀 버리라고."

여행용 가방을 끌고 나타난 건 세나였다. 그 옆에는 하림과 인우도 있었다.

"형님, 드디어 제가 왔습니다!"

"말도 없이 왜 온 거야?"

승규는 어안이 벙벙했다.

"저 퇴사했습니다. 이쪽 근처에서 장사 한 번 해볼까 생각 중이에요. 괜찮은 사람들도 있나 좀 찾아보고, 하하."

인우는 자신이 이곳에 온 이유를 설명했다. 승규의 시선은 하림에게 향했다.

"퇴사 안 했어요! 1주 휴가인데 여기 맛집이 많다고 해서 이쪽에서 보내려고요!"

하림의 이야기를 듣고 난 승규가 고개를 끄덕이며 세나를 봤다.

"지난번보다 얼굴 좋아 보이는데요?"

"공무원 준비해 보려고. 여기 경치도 좋고 혼자서 공부하기 딱 좋을 것 같은데."

세나의 말을 듣고 난 승규가 좋은 결정인 것 같다며 응원했다.

사람들이 왁자지껄 떠드는 사이에 승규는 주변을 두리번거리며 한 사람을 찾고 있었다. 멀리서 아영이 걸어오고 있었고, 승규가 그쪽으로 걸어가 두 사람은 말없이 악수했다. 승규는 알고 있었다. 이곳에 온 게 아영의 대답인 것을.

승규는 장소와 근무 환경이 바뀌었어도 전혀 어색하거나 낯설지 않았다. 새로운 사람들을 사귀기 전까지, 당분간은 옆에 있어 줄 사람들이 곁에 있으니까. 특히나 손을 잡고 걷는 이 사람이 옆에 있으니까.

진흙탕 출퇴근

초판 1쇄 인쇄 2024년 2월 29일
초판 1쇄 발행 2024년 3월 7일

지은이 정용대
펴낸이 박세현
펴낸곳 서랍의 날씨

기획 편집 곽병완
디자인 김민주
마케팅 전창열
SNS 홍보 신현아

주소 (우)14557 경기도 부천시 조마루로 385번길 92 부천테크노밸리유1센터 1110호
전화 070-8821-4312 | **팩스** 02-6008-4318
이메일 fandombooks@naver.com
블로그 http://blog.naver.com/fandombooks

출판등록 2009년 7월 9일(제386-251002009000081호)

ISBN 979-11-6169-284-5 (03810)

서랍의날씨는 **팬덤북스**의 가정/육아, 문학/에세이 브랜드입니다.